바늘 같은 몸에다가
황소 같은 짐을 지고

· 일러두기

* 책에 쓰인 일부 토속말은 읽는 재미를 위하여 표준어에 맞게 고치지 않았다.

* 문장부호의 쓰임은 다음과 같다.
  · 『 』- 단행본(시집, 소설집 등)
  · 「 」- 작품명(시, 단편소설 등)
  · 《 》- 잡지
  · 〈 〉- 그림, 사진, 영화, 방송프로그램 등

바늘 같은 몸에다가
황소 같은 짐을 지고

- 사라진 근대 문물을 찾아서 -

김준호 글 · 손심심 그림

學而思 | 학이사

40년을 바람처럼 떠돌아다닌 기억과 기록

운명의 시작은 어릴 적 산에서 들에서 부르는 어른들의 일 소리를 들으면서부터였다. 소리가 신병같이 나를 당겼다. 인근에 매굿판이라도 벌어지면 온종일 따라다닐 정도로 신명이 남달랐다.

그러다가 18세에 길을 찾게 되었다. 우연히 진주에서 김수악 명인의 공연을 보고 구음과 장고에 깊이 매료되어 평생 공부의 다짐을 세웠다. 그것이 국악으로의 정식 입문이었다.

대학 시절, 어쩌다 좋은 소리가 있다는 소문을 들으면 만사 제쳐두고 통일호와 완행버스와 통통배를 타고 전국으로 달려갔다. 농촌에서, 산골 오지에서, 때로는 섬마을에서 그들과 같이 모를 심고, 버섯을 따고 낙지를 잡으며 신뢰 관계를 쌓았고, 그 속에서 사투리를 익히고 노래와 문화를 닥치는 대로 배우며 참 행복했었다.

이렇게 방방곡곡 숨어있는 소리를 찾아 여러 어른을 스승으로 삼고 판소리, 구음, 들소리, 상여소리, 중타령, 아라리, 밀양아리랑,

성주풀이, 어산영 등을 배웠다.

그리고 결국 판의 주변인으로 머무는 것이 아쉬워, 아예 20대 후반에는 3년간 실제 굿판에서 장고와 구음을 담당하는 악공으로 들어가 굿 음악을 배우기도 했다. 그 후 전통문화를 보다 체계적으로 분석하고 해석하여 널리 알리겠다는 포부로, 한 손에 펜과 장고 채를 들고 한 손에는 책을 들고 강의실과 도서관과 현장을 쫓아다녔다.

역마살이 낀 탓일까. 직접 사람과 문화를 전국 구석구석까지 접할 수 있는 방송인을 직업으로 택하여 '6시 내 고향', 'TV쇼 진품명품', 'TV 전국 기행', '달팽이' 등 많은 기행 프로그램을 진행하며 지역의 소리와 풍물을 탐구하면서 폭을 넓혔다.

그렇게 40년을 여기저기를 바람처럼 떠돌아다닌 발자국의 기억과 기록이 곳간에 가득 찼다. 내가 과거를 쫓아다니는 동안 세상은 빠른 문명을 동력으로 무섭게 변했다. 그리고 우리가 누렸던 모든 근대 문물이 박물관이나 가야 볼 수 있는 희귀한 풍경이 되고 말았다.

"구슬이 서 말이라도 꿰어야 보배"라고 했다.

훌륭한 요리사가 묵은장으로 요리의 제맛을 살리듯이, '과거의 잔상'이라는 꼬리표를 달고 있는 어렵고 재미없는 이야기를, 노래가 들리는 글쓰기로 맛있는 밥상을 만들어 보았다.

어떤 이에게는 향수의 결핍을 메우는 추억이 되고, AI에게 영혼을 빼앗기고 존재감이 사라져 가는 어떤 이에게는 뉴트로의 새로운 영토가 되기를 기대해 본다.

지금까지 비주류로 숨어 있던 신선한 소리를 들려 주신 어르신네들의 가르침에 깊은 감사를 드리고, 언제나 그 지역의 사투리와 풍물을 가르쳐 준 해병 484 전우들에게도 고마움을 전합니다.

그리고 팬데믹의 어려운 여건 속에서 출판해 주신 도서출판 학이사 신중현 대표님과 편집실 식구들께도 인사드립니다.

2021년 9월
김준호

차례

차례

4부

진주낭군 오실 때에 진주 남강에 빨래 가라

1부

처자권속
굶지 않게
밭을 갈고
논을 갈아

처자권속 굶지않게 칭야칭칭나네
밭을갈고 논을갈아 칭야칭칭나네이
씨를뿌려 거름주어 칭야칭칭나네이
곳간차게 거둬보세 칭야칭칭나네이
함포고복 격앙가를 칭야칭칭나네이
오늘만은 흥이나게 칭야칭칭나네이

가을 운동회

운동회의 기원은 일본의 마츠리에서 왔다. 마츠리는 원래 일본 각지의 종교적 행사로 지역의 사람들이 전원 참가하여 축일을 기념하는 집단적인 행사를 말한다. 이 마츠리를 토대로 하여 19세기에 와서 간소한 유희와 운동경기를 펼치는 단체 체육 행사 형태로 자리잡은 것이 운동회의 시초였다.

운동회가 조선에 전래된 것은 1896년 개화기 무렵이었다. 조선 관립 영어학교에서 '화류회花柳會'라는 이름으로 최초의 운동회를 열었다. 종목은 올림픽 종목을 본따 달리기, 공 던지기, 대포알 던지기, 멀리뛰기, 높이뛰기를 했는데, 여학생들이 달리기를 한다고 해서 말세의 패속이라며 상소문이 빗발치는 등 장안에 난리가 나기도 했다.

농촌의 가을은 정신이 없었다. 어른은 어른들대로 농사일로 바쁘고, 우리는 우리대로 운동회 준비로 한바탕 곤욕을 치렀다. 그해 운동회는 새로 부임한 총각 선생님의 지도로 5학년 250명이 곤봉체조를 선보이기로 했다.

250원 곤봉 값을 들고 와, 급장한테 주고 난생처음 나무 방망이 같은 곤봉이라는 것을 받았다. 급우들 사이에는 이것으로 장난을 치다가 벌써 머리가 터진 친구도 있었다. 집으로 가져가자 할무니는 나중에 고추 빻는 방망이로 쓸 거라고 좋아하셨다.

우리는 방과 후에 운동장에 모여서 뜨거운 태양 아래에 양팔 간격으로 서서 곤봉 돌리기를 배웠다. 선생님이 조회대에서 시범을 보이는데, 손가락에 넣어 요리조리 돌리는 모양이 서커스같이 정말 신기했다.

그런데 문제가 발생했다. 도입부와 마지막에 남녀가 짝을 지어 손을 잡고 무용 연습을 해야 하는데, 그 당시에는 남녀가 유별했고, 사춘기가 시작되는 미묘한 시기라 여학생들이 남학생 손을 못 잡겠다고 여기저기서 울고불고 난리가 났다. 내 짝지는 김영화라는 공부도 잘하고 얌전한 친구였는데, 역시 내 손을 잡기가 거북했는지 얼굴이 벌겋게 달아올라 부끄러웠다. 할 수 없이 내가 아이스께끼 막대기를 주워 와서 둘이서 양쪽 끝을 잡고 연습을 했다.

유머레스크라는 음악에 맞추어 집단 무용을 펼치는데, 보름 정도 연습을 하니까 제법 근사하게 곤봉도 잘 돌리고 짝지와 호흡도 잘 맞았다. 여전히 아이스께끼 막대기는 그대로인 채.

운동회 앞날 오후부터는 본격적으로 만국기를 단다고 키가 큰 선생님들과 소사 아저씨가 사다리를 타고 옥상에서 고함을 지르고 야단법석을 떨었다. 6교시를 마치고 곤봉체조 최종 연습을 나온 우리는 확 달라진 운동장의 모습에 환호성을 지르고 박수를 치고, 만국기를 잡기 위해 벌쩍벌쩍 뛰다가 꿀밤을 맞기도 했다.

만국기萬國旗는 줄에 손바닥만 한 여러 나라의 국기를 매달아 행사장을 꾸밀 때 쓰는 장식이었다. 원래 서구의 만국박람회에서 기념 장식으로 쓰던 것을 일본이 받아들여 일제 강점기에 우리나라에 전래하였다. 한국 전쟁 이후 만국기는 유엔 참전국의 국기가 단골로 쓰이며 애드벌룬과 함께 박람회나 축제장, 운동회에 단골 메뉴로 행사 분위기를 띄우는 역할을 하였다.

운동회 당일 아침이 되면, 어른과 아이 모두가 마음이 들떴다. 그러나 전날 밤부터 날씨가 끄무레하더니 새벽부터 비가 한두 방울씩 떨어지기 시작했다. 담임선생님이 비가 오면 운동회가 연기된다고 정식 수업 준비를 해 오랬는데, 오락가락하는 보슬비로 운동회 준비를 할지, 공부 준비를 할지 우리를 참 난감하게 했다. 한참 고민을 하는데, 동네 스피커에서 동장의 목소리가 들렸다.

"알립니다. 금일 동성국민학교 운동회는 예정대로 개최하오니, 학생들은 그리 아시길 바랍니다."

우리는 환호성을 지르며 하얀 운동복을 갈아입고 곤봉과 청군 머리띠를 챙겨서 학교로 향했다. 날씨는 우중충하지만, 때마침 비가 오지 않았다. 학교 스피커에서는 행진곡이 계속 흘러나오고, 입구에

는 벌써부터 엿장수, 솜사탕 장수, 노란물 장수, 풀빵 장수, 뽑기 장난감 장수들이 양쪽으로 자리를 잡고 있었다.

먼지가 풀풀 나는 운동장이 아침에 내린 비로 적당히 촉촉해서 오히려 더 좋았다. 다만 전날 단 만국기가 젖어 있는 것이 흠이었다. 각 학년 4개 반 중에서 홀수 반은 청군이고 짝수 반은 백군이었다. 우리 반은 홀수라, 청군 띠를 머리에 두르고 운동장에 2열 종대로 줄을 섰다. 머리띠는 한쪽은 청색이고 다른 쪽은 백색이라 한 번 사면 6년은 끄떡없었다.

조회대 양쪽에는 농협에서 빌려 온 큰 천막이 세워졌고, 읍장, 농협 조합장, 우체국장, 수리 조합장, 공군 부대장, 육성회장, 그리고 찬조금을 많이 낸 읍내 장대희 의원 병원장과 왕표연탄 사장, 사천 양조장 사장 등이 천막 안에 앉아 있었다.

"체력이 국력, 새마을 정신, 하늘도 우리 학교 운동회를 축복하는 것 같다."라는 지루한 교장 선생님 개회사가 끝나고 비슷한 축사가 이어졌다. 일사병으로 두 명이 쓰러질 무렵 연설이 끝났다. 그리고 전교생이 몸 풀기로 '국민 체조'를 하고 본격적인 운동회에 돌입했다.

별 구경거리가 없던 시절에 운동회는 그동안 농사일의 노고를 풀기에 딱 좋았다. 운동장 가에는 한복을 곱게 차려입은 어른들과 학교에 온다고 갖은 멋을 부리고 온 학부모들이 가족끼리 먹을 음식을 잔뜩 싸 들고 좋은 자리를 잡기 위해 수백 명 모여들었다.

운동장 좌측에는 청군이 응원하고 우측에는 백군이 응원했다. 오전에는 저학년생들이 선보이는 집단 무용인 꼭두각시 춤을 시작으로 공굴리기, 박 터뜨리기, 줄다리기 같은 단체전을 많이 하였다. 경기 결과는 조회대에 걸쳐져 있는 큰 칠판에 기록이 되었고, 적히는 점수에 따라 환호와 아쉬움이 교차했다. 그리고 마이크를 잡은 체육 선생님은 계속 반복해서 승리한 팀을 알려 주었다.

점심시간이 되면 신나게 뛰어 배가 고픈 아이들과 응원하러 온 가족들이 운동장 가에 있는 수돗가를 둘러싼 나무 아래에 재빠르게 신문지를 깔았다. 소나무와 학이 세 마리 그려진 노란 3단 찬합에는 평소에 먹기 힘든 김밥이 가득했고 보자기에는 삶은 달걀, 고구마가 가득했다. 그리고 어머니는 일 년에 서너 번밖에 마실 수 없는 사이다 한 병을 사 줬다. 잔칫날이 따로 없었다.

사진사 아저씨가 여기저기 다니면서 가족사진을 자꾸 권했지만, 어머니는 필요 없다고 손사래를 치며 거절했다. 나는 독사진을 찍는 읍사무소 과장 딸내미가 부러웠다.

오후가 되면 우리 5학년들의 곤봉체조로 다시 운동회가 시작되었다. 그동안 연습 때문에 너무 힘들었지만, 곤봉을 돌리다가 혼자 떨어뜨릴 것 같은 불안감이 엄습했다. 음악이 나오자 눈앞이 하얘지고 식은땀이 나며 머릿속이 백지장같이 변했다. 그런데 짝지를 맡은 김영화가 내 손을 잡고 이끌며 은근히 음악대로 춤도 잘 추고 곤봉도 잘 돌려 무사히 넘어갔다. 박수와 환호 소리를 듣자 이제 마음의 부담감을 홀가분하게 내려놓았다.

이번에는 6학년 남학생들의 기마전이었다. 등치가 있는 굵은 형들이 말을 만들어 나오는데, 수염이 검실검실 난 씩씩한 대장들의 표정에서 제법 팽팽한 긴장이 감돌았다.

응원단 속으로 들어간 우리는 곤봉을 던지고 맘껏 형들을 응원했다. "이겨라, 이겨라, 우리 청군 이겨라!"를 목이 터지라고 외치며 3·3·7 박수를 손바닥이 벌게지도록 쳤다. 해설하는 체육 선생님도 흥분하고 우리도 응원전에 불이 붙었다.

하지만 우리 청군이 아깝게 지고 말았다. 탄식의 소리가 여기저기서 나오고 맥이 풀렸다. 그때 배삼룡 흉내를 잘 내는 5학년 까불이가 개다리춤을 추면서 "괜찮아. 괜찮아."를 외치자 청군은 다들 배꼽을 잡고 구호를 따라 하며 다시 힘을 내었다.

역시나 운동회의 꽃은 달리기였다. 손님 찾아 달리기, 물건 찾아 달리기, 학부모 달리기에 이어 맨 마지막으로 이날의 백미인 이어달리기를 하였다. 우리 반에는 공부는 꼴찌에서 1, 2등을 하지만, 정말 달리기 하나만큼은 전교에서 제일 잘하는 호범이라는 친구가 있었다.

집은 구암이라고 십 리도 더 떨어진 산골에 살고, 지독하게 가난한 집 아이였다. 하지만 어렸을 때부터 산을 타고 다니며 나무를 해서 그런지 달리기 실력이 타고나 중학교 육상부 코치가 벌써 눈독을 들이는 녀석이었다.

호범이가 주먹을 꼭 쥔 채, 고무신을 벗고 맨발로 달리기 출발선에 서면 진짜 호랑이같이 변했다. 출발 신호가 땅 하고 울리면 숨 한번 쉬는 동안에 10m는 앞서 나가는 우리 청군의 보물이었다. 그런 호범이가 물건 찾아 달리기에 출전을 했다.

이 경기는 20m를 달려 땅에 있는 물건명이 적힌 종이를 주워 모자면 모자, 스카프면 스카프, 지팡이면 지팡이를 외치면, 관중석에서 건네는 그 물건을 찾아 달리면 되는, 관객과의 호흡이 중요한 경기였다.

관중들도 흥분하며 선수가 어떤 물건을 달라고 하면 서로 주면서 난리를 쳤다. 신호가 울리자 호범이가 우리의 기대대로 일등으로 치고 나갔다. 그런데 사건이 일어났다. 종이를 주운 호범이가 그 자리에 멍청하게 서서 머뭇거리는 바람에 청군이 꼴찌를 하고 말았다.

이유는 엉뚱한 데 있었다. 호범이가 주운 종이에는 '파라솔'이라고 적혀 있었는데, 아뿔싸 호범이는 산골 촌놈이라 파라솔이 뭔지를 몰랐다. 그리고 아직도 한글을 잘 몰라, 특별반에서 한글 보수교육을 받고 있다는 사실을 잠시 잊고 있었다. 그때는 그런 시절이었다.

학부모 달리기 열기도 대단했다. 출발선에서부터 싸우고, 반칙을 했다고 우기고, 학부모가 맞니 안 맞니 따지고, 아이들보다 더했다. 특히 어머니들은 고래고래 고함을 지르며 항의를 하기도 해서 심판 선생님들이 혼이 나기도 했다.

드디어 운동회의 마지막 경기이며 최고 볼거리 이어달리기 순서였다. 체육 선생님이 관중들은 운동장 트랙에서 1m씩 물러나 달라고 방송을 했다. 먼저 여학생들이 하고 마지막으로 남학생들이 하였다. 각 학년 대표 선수들 2명이 나와 운동장 양쪽에 6명씩 서 있었다. 여학생들은 달리다가 넘어지기도 하고, 바통을 이어받으며 떨어뜨리기도 하고, 저학년생들은 순서도 엎치락뒤치락해서 관중들은 배꼽을 잡고 웃었다. 결국 6학년 여학생들이 뛸 때는 한 바퀴 차이가 났다. 또 청군이 졌다.

드디어 범이가 출전하는 남자 계주 경기였다. 이 경기는 글을 몰라도 되니, 호범이는 이 기회에 아까의 망신을 꼭 설욕해야 했다. 청군 담당 선생님은 6학년과 범이의 자리를 바꾸어 마지막 주자에 호범이를 넣었다. 그리고 한쪽 구석에서 선수들을 모아 놓고 "릴레이는 말이다, 바통만 잘 받으믄 무조건 이긴다."라며 바통 받는 방법에 대해 벼락 교육을 실시했다.

역시 남자들 경기라 제법 드센 기운과 긴장이 운동장을 감돌았다. 점수는 3점 차이로 백군이 이기고 있지만 여기서 이기면 승점이 5점이라 청군이 승리할 수 있었다. 드디어 총성이 울렸다. 저학년 중에서 운동화를 신은 아이들이 몇 있어 그런대로 백군과 비슷하게 달리다가 4학년들이 달릴 때부터 청군이 조금씩 밀리기 시작했다.

호범이에게 바통이 주어질 때쯤, 이미 반 바퀴가 뒤처져 있었다. 고무신을 움켜쥔 호범이는 날아가듯이 상대방의 뒤를 쫓았다. 앞서

뛰는 청군 한 명을 따라잡고, 순식간에 백군 한 명도 제쳤다. 우리는 가슴이 콩닥거리고 입이 바짝바짝 타들어 갔다. 결승점이 20m 남았을 때, 호범이의 속도가 총알같이 빨라지기 시작했다. 우리는 모두 주먹을 부르르 떨며 호범이를 응원했다. 그 염원이 통했는지, 간발의 차이로 무섭게 질주한 호범이가 선두로 결승점을 통과했다.

"청군 이겼다! 청군 이겼다!"

청군들은 승리의 기쁨을 만끽하며 모두 환호성을 지르며 결승점으로 달려가 숨을 바삐 몰아쉬는 호범이를 껴안았다. 관중석의 어른들도 손뼉을 치며 기뻐하고 천막에 앉은 귀빈들과 선생님들도 모두 일어섰다. 참으로 흥미진진한 한 편의 드라마일 수밖에 없었다.

호범이는 청군 대표로 당당히 개선장군처럼 조회대에 올라가 교장 선생님께 연필 한 다스와 '새한 노우트' 한 묶음을 부상으로 받았다.

할부지 말마따나 사람은 누구나 한 가지씩 재주가 있는 모양이었다. 호범이는 공부는 기죽은 꼴찌지만, 이날만큼은 달리기 1등을 차지해서 동성국민학교 손기정이 되었다.

마술 같은 운동회가 끝나도 그 흥분은 가라앉지 않았다. 그리고 집으로 오는 길에 한참 생각을 했다. 나는 과연 어떤 재주를 가지고 있을까, 문학반일 때는 백일장에서 맨날 떨어졌고, 서예반일 때도 그렇고, 합창반일 때는 노래도 못 불러 창피를 당했는데.

나락 베는 날

어느새 아침저녁 찬바람이 불고, 들판도 초록을 머금은 금색으로 변해가고 있었다. 눈코 뜰 새 없이 바쁘다는 말이 실감 나는 가을이 되면 농사에 매달려 사는 농촌은, 새벽에 일어나서 저녁에 해가질 때까지 가을걷이에 온 식구가 매달렸다.

'가을'이라는 말은 '거두다〉가두다'라는 말에서 유래되었다. 수확하는 시기는 보름 남짓 정해져 있고 곧 겨울이 닥치다 보니, 시간이 부족한 농촌의 가을은 온종일 서두르고 허둥대기가 일쑤였다. 그래서 "가을에는 대부인 마누라도 나무 신짝 신고 나온다", "가을철에는 죽은 송장도 꿈지럭한다", "동동 팔월, 가을철에는 부지깽이도 덤벙인다"라는 재미있는 속담이 생겼다.

바쁜 농사철에는 학생들도 가정실습이라 하여 4일 정도 추계 방학을 하였고, 군인·공무원들도 대민봉사에 총동원되어 전쟁을 치르듯이 가을걷이에 매진하였다.

이 시기에는 읍내 오일장이 열렸지만, 너무 바빠서 시장에 갈 수가 없었다. 그래서 이를 간파한 많은 방문 판매상들이 아침 일찍부터 종을 울리며 동네를 돌았다. 아침밥을 먹기 전에 제일 먼저 방문하는 상인은 생선 장수와 두부 장수, 달걀 장수였다. 생선 장수는 함지박에 생선을 이고 오고, 두부 장수는 리어카에 두부를, 달걀 장수도 달걀을 싣고 왔다.

동네 사거리 골목에서 종소리가 들리면, 밥을 먹다 말고 그릇을 챙겨 좋은 생선을 고르기 위해서 사거리로 어머니를 따라 달렸다. 두부 세 모와 콩나물을 사고, 달걀도 한 판 사고, 고소한 전어도 스무 마리를 샀다. 모두 이 시기에 같이하는 놉들을 위한 식재였다.

농사에서 가장 많은 손이 있어야 하는 것이 모심기와 나락 베기였다. 본래 농사일은 혼자 할 수 없는 일이라, 몇 집이 어울려서 품앗이를 하는 것이 일상이었다. 삯은 품앗이로 가리를 하더라도, 일하는 놉들의 한 끼 점심밥을 아무렇게나 먹일 수가 없는 게 그때 시골의 인심이었다.

마을회관에서 새마을 노래가 아침 일찍부터 흘러나오기 시작했다. 이웃의 논이 어디인지 훤하게 아는 놉들이 철둑 아래 우리 논에서 벌써 나락을 베기 시작했다. 꼬박 반년을 애지중지 가꿔 정성을 들인 나락을 당신 손으로 첫 낫을 대는 할부지의 얼굴은 약간의 홍분으로 어느 때보다 상기되어 있었다.

"올 여름에는 무단이 덥더마는 나락은 작년보다 잘 되었다."

"날이 뜨거버모 멜구가 맥을 못 춘답디더."

저마다 약속이라도 한 듯이 논에 들어서자마자 오 등분을 하여 나락을 베기 시작하더니 앞서거니 뒤서거니 경주라도 붙은 것 같았다. 쓱싹거리며 잘려나간 벼가 낟알을 품고 볕이 잘 드는 동남방으로 쓰러져 가기 시작했다. 내 까까머리같이 논바닥이 휑하니 드러났다. 이렇게 시작된 나락 베기가 여럿이 하니까 금방 두 마지기를 베기 시작하였다. 사실 우리 집과 품앗이를 하는 이웃들은 동네에서 일 잘하기로 소문난 사람들이라 다른 손들보다 두 배는 속도가 빨랐다.

다른 식구들이 아침밥을 먹고 들판으로 나가면, 어머니는 부지런히 설거지하고 할무니는 남새밭에서 무, 가지, 호박, 오이, 고추, 깻잎을 마련해 오셨다. 11시쯤 아궁이에 불을 지폈다. 점심밥을 들에 내어갈 준비를 하기 위해서였다. 평소보다 쌀을 많이 보태어 쌀과 보리를 반씩 안친 솥에, 쪄낼 가지도 넣고, 달걀과 소금을 풀어 계란찜을 준비하고 불을 넣었다. 전어 열두 마리와 채소를 썰어 전어 회무침도 마련하고 나머지는 아궁이에 뜸 들이는 잔불을 꺼내어 전어구이도 했다. 할무니는 콩나물과 가지나물을 순식간에 무치고, 오이채와 미역을 불려 시원한 챗국도 만드셨다.

11시 30분쯤 되면 나는 빈 리어카를 끌고 집으로 향했다. 집 안에는 구수한 냄새가 진동했다. 나는 얼른 주전자를 들고 자전거를 타고 마을 구판장으로 가서 시원한 얼음 탁주 세 되를 받아 왔다. 어머니는 어느새 쇠여물과 돼지죽과 닭 모이를 다 주고 리어카에 밥과 반찬을 싣고 계셨다. 할무니는 후식으로 줄 사탕과 담배를 챙겼다.

나는 국물이 넘칠까 봐 리어카를 조심조심 몰고 논으로 향했다. 푹 눌러 쓴 보릿대 모자 사이로 땀이 삐질삐질 떨어졌다. 멀리 읍사무소에서 정오를 알리는 오포 소리가 길게 울고 있었다. 부지런하게 오전 작업을 마친 일꾼들이 논가 나무 그늘로 몰려들었다. 리어카에서 음식을 내려놓고 할부지가 고수레를 했다.

"농신님네 올해도 고맙심더. 맹년에도 농사 잘되게 해주시소, 고시레."

놉들은 전어회 무침에 탁주 한 사발을 들이켜고는 모두 한 마디씩 덕담했다.

"아따 내 근래 품앗이하러 댕긴 집 중에, 이 집 나락이 제일 잘되었심더."

원래 들밥은 밥을 따로 담지 않고 큰 양푼에 밥을 담아 놓으면 비벼 먹을 사람들끼리 각종 채소를 듬뿍 넣어, 손맛 있는 사람이 숟가락 두 개로 쓱쓱 비벼서 나누어 먹는 것이 정석이었다. 어른들은 그렇게 크게 몇 술 뜨고 시원한 미역 챗국 한 사발씩을 참 달게 잡수었다. 거기다 논가로 지나가던 동네 사람들까지 다 불러 탁주 한 잔씩을 권하고 들밥을 나누었다. 그때는 서로 가난해도 그런 사람 사는 맛이 있었다.

이상하게도 들에서 쭈그리고 앉아 먹는 밥이 무슨 마력이 있는

지, 별 찬이 없이도 왜 그렇게 단맛이 나는지 모를 일이었다. 음식 양푼이 싹 다 비워지고 아지매들은 후식으로 가져온 왕사탕을 입에 물고, 아재들은 배를 두드리며 파고다 담배 한 개비씩을 물고 그늘에 누워, 비가 안 와야 할 거라며 날씨 얘기로 잠시 코를 골았다.

도구를 사용하는 법을 배운 인류는 신석기 시대에 들어서면서부터 곡식을 빻거나 날을 세울 때 쓰는 특별한 돌을 발견했다. 그것은 바로 맷돌과 숫돌이었다. 돌과 돌 사이에 곡식을 문질러 빻는 도구를 우리는 '맷돌'이라고 했고, 중국어는 摩[모어, 마], 일본어는 摩[마], 영어는 mash[매쉬]라 했는데, [매,마는 모두 '문지르다'는 뜻을 함유하고 있다.

에헤에어 한 단이 나간다

어허어어 그 소리 뒤미쳐 나도 또 한 단

에헤에어 하더니 묶었다

새로 한 단이 묶어라

그 소리 거두미쳐 나두 또 한 단

에헤헤어 나도 한 단

에헤헤어 하더니 묶는다

새로 한 단이 묶는다

얼른 하더니 한 단을 묶어

에헤어어 나도 또 한 단이라

- 강원 양양, 〈벼 베는 소리〉 중에서

숫돌은 낫이나 칼을 갈아 날을 세우는 데 쓰는 돌을 말한다. 양반들이 벼룻돌을 중요시하듯이 농민과 병졸들은 숫돌을 중요시했다. 15세기에는 '숫돌(고어)'이라 했고, 지역 방언으로 '수돌, 싯돌, 싯둘'이라고도 했다. [시, 수는 모두 '갈다'라는 의미의 동사형으로, 숫돌의 '숫'은 금속을 갈 때 나는 소리인 "쓱싹쓱싹" 하는 데서 빌린 소리로 '부싯돌'에도 그 흔적이 남아있고 중국어 砥[디이], 일본어 砥[이시]도 유사한 형태를 보인다.

할부지는 점심참 시간에도 쉬지 않고 일꾼들의 낫을 갈았다. 숫돌에 물을 묻히고 일꾼들의 낫을 가는데, 낫을 갈 때도 요령이 있어 너무 힘을 줘도 안 되고 숫돌과의 각도도 중요하고 경험자만이 할 수 있는 묘한 경지가 있어 할부지가 도맡았다. 그 당시에는 두 종류의 낫이 있었다. 대장간에서 만든 ㄱ 자 조선낫과 기계로 만든 ㅡ 자 왜낫이 있었다.

왜낫은 일제 강점기에 들어온 낫으로 가볍고 날렵하지만, 쇠에 힘이 없고, 낫목이 없고, 푸석푸석해서 잘 부러지고 날과 손잡이 이음새가 허술해 자주 고장이 났다. 그래서 풀을 벨 때는 쓸 만하지만, 나무할 때는 잘 부러져 인기가 별로 없었다. 그러나 조선낫보다 가격이 두 배나 저렴하고 가벼워 손목이 약한 여자들에게는 알맞았다.

"요새는 왜낫을 많이 쓰는데 나는 마 그거는 힘이 없어 파이라. 자고로 낫은 나락 벨 때도 쓰제, 보리 벨 때도 쓰제, 풀 벨 때도 쓰제, 나무 할 때도 쓰제, 낫이 아니고 이기 바로 농사꾼 손이라."

할부지는 조선낫 예찬론자였다. 조선낫은 대장간에서 바람과 불과 물과 망치로 만들어, 그 강도가 무른 듯 강건하여 웬만한 나뭇가지를 치더라도 날이 쉽게 상하지 않았다. 또 습기만 가까이하지 않으면 쉬 녹이 슬지 않아, 투박하고 무겁지만, 날만 잘 세우면 거침이 없고 오랫동안 쓸 수 있는 장점이 있어 나락이나 보리를 벨 때는 조선낫을 선호하였다.

나락을 벨 때는 낫이 그만큼 중요한 농기구라, 쉬는 틈틈이 낫을 가는데 경험이 많은 노인네들이 숫돌 앞에 퍼지고 앉아 갈아야 낫날이 잘 살았다. 잘 드는 낫은 소리부터 달랐다. "싹둑 싹뚝" 잘려나가면 볏짚에서 물 내가 확 올라오고 그 소리까지 시원했다.

보통 놉들은 자기가 좋아하는 자신의 낫을 들고 다녔다. 중학생인 나도 소 꼴을 벨 때 쓰는 내 낫이 있었다. 시커멓고 날씬한 조선 낫인데 할부지가 쓰던 것을 물려받았다. 낡은 손잡이를 참나무 자루로 바꿔서 끼우고, 내 머리글자 ㅈ 자를 불로 지져 넣었더니 임금에게 하사받는 장군도를 받은 기분이었다. 낫이 내 손에 착착 감기는 게 꼴 벨 때나 들일을 할 때 나는 꼭 그 낫을 선호했었다.

아무튼, 잘 드는 낫 탓에 아이들은 숫돌 근처에는 얼씬도 못 했다. 그 대신 밥값을 한다고 물에 적신 짚단을 한 움큼씩 들고 다니며 어른들이 베어놓은 나락 위에 단을 묶기 쉽게 짚을 서너 가닥 얹어놓는 비교적 수월한 일을 했다. 짚은 참 희한한 게 바짝 말라 있을 때는 힘이 없는데, 물만 적시면 밧줄같이 튼튼했다. 아이들 마음이야 논바닥에 개구리마냥 팔짝거리며 뛰어놀고 싶은 마음은 꿀떡 같았지만, 다 익은 벼를 제때에 빨리 거두어야 하는 제일 바쁜 시절이라는 것을 아이들도 잘 알았다.

그때는 농약을 많이 사용하지 않던 시절이라 논에는 참 다양한 생물들이 많이 살았다. 물이 덜 빠진 진창에는 논고동과 미꾸라지가 버글거렸고, 주먹만큼 큰 개구리가 얼룩 군복을 입고 웬만한 사람의 등장에도 한번 해 보자는 식으로 어구티를 부리며 대들었다. 논에 뱀도 참 많았다. 뱀이 살면 쥐가 얼씬을 못 한다고 할부지는 논 뱀을 '물재수' 라고 부르며 극진히 대했다.

그중에 아이들이 제일 좋아하는 것은 메뚜기였다. 제법 손가락 굵기의 초록 투구 메뚜기가 살이 쪄서 잘 날지도 못하는 것을 잡아서 누런 정종병에다 넣었다. 이놈을 저녁에 구워서도 먹고 볶아서도 먹었는데 그 맛이 기가 막혔다. 나도 동생들과 메뚜기나 잡고 그러면 좋으련만, 여드름이 불거지고 덩치가 커져, 참고 어른스럽게 내 낫을 들고 놉들과 같이 나락 베기에 집중했다. 허리가 끊어질 듯 아파지기 시작한 오후 3시쯤에 어머니는 중참으로 탁주와 두부를 들고 왔다. 그리고 아지매들 숫자만큼 달콤한 달팽이 카스테라도 가져왔다. 허리와 팔이 아프다고 엄살을 하니, 관대하신 어머니가 탁주 한 잔을 몰래 따라 줘서 몸을 돌려 삽시간에 달게 꿀꺽 삼켜버렸다.

집에는 어제 할부지가 따로 지게로 나른 찹쌀 벼가 잔뜩 쌓여 있었다. 찹쌀 벼는 리어카가 못 들어가는 도랑 건너 작은 논에 심었는데, 탈곡을 위해 집에서 건조를 시켰다. 할무니와 어머니는 점심 설거지를 마치자마자 덕석을 펴고 아버지가 태어나기 전부터 있었다는 쇠가 뾰족뾰족 올라온 '홀태'를 세워 찹쌀 이삭을 훑어내었다. 찹쌀은 떡의 중요한 재료이고 조상님들께 올릴 곡식이라 탈곡기를 쓰지 않고 일일이 수동으로 하는 것이 할무니의 고집이었다. 이 일은 종자로 쓸 멥쌀도 마찬가지였다. 나락을 베면서 씨알이 좋은 벼는 할부지가 따로 지게에 지고 와서 역시나 홀태에 털었다.

흙냄새 나는 덕석에서는 금방 털어낸 찹쌀 나락이 해거름에 누렇게 말라가고 있었다.

나락 타작

　'가을 다람쥐 같다.' 라는 말이 있듯이 나락 농사는 손이 많이 가
는 일이었다. 어른들은 포실한 겨울을 준비하기 위해 수확기가 닥치
면 다람쥐같이 빠르고 바쁘게 움직였다.

　어머니는 새벽부터 일어나 부엌에서 달그락거리는 소리를 내시
고 할부지, 할무니, 아버지는 낫과 볏짚을 챙기셨다. 나는 추계방학
며칠째 고된 나락 베기 작업으로 꿈도 한 번 안 꾸고 쓰러지듯 잤는
데, 허리와 어깨가 너무 쑤시고 아팠다. 하지만 눈치가 보여 일복으
로 갈아입고 리어카를 끌고 어른들과 같이 들로 나섰다.

　희뿌연 들판에는 찬 이슬이 바지를 적셨다. 일기예보에 흐리고
비가 온다는 불길한 소식에, 우리뿐만 아니라 동네 사람들이 다 나
온 것 같았다. 사나흘 전에 베어놓은 나락을 묶어 볏단을 만들기 위
해서였다.

　나는 묶는 일이 서툴러 짚을 서너 가닥씩 분리해서 볏단 위에 올

리는 작업을 도왔다. 어른들은 짚으로 단을 야무지게 만들어 매듭을 까서 대충 쑤셔 넣는데 속도가 정말 빨랐다.

　어머니는 부엌에서 부지런하게 아침을 준비했다. 삶은 겉보리를 싹싹 문질러 여러 번 씻고 조리로 보리쌀을 일어 가마솥에 안쳤다. 그리고 보리쌀 가운데에 쌀을 한 종재기를 넣었다. 작은 솥에는 어제 된장과 콩가루에 주물러 놓은 시래기를 넣고 뜨물과 디포리를 잔뜩 넣어 불을 넣었다. 밥과 시락국 끓는 냄새가 집 안에 퍼지자 불을 죽여 뜸을 들였다. 뜸을 들이는 동안, 어머니는 솔가지에 불을 붙여 건너편 아궁이에 걸려 있는 여물 솥에 불을 지폈다.

　솥에는 작두로 곱게 썬 찰벼 볏짚과 고구마 줄기가 잔뜩 넘치도록 담겨 있었다. 여물 솥이 끓어 넘치자 들통에 김이 설설 피어오르는 여물을 퍼 담아 소를 먹이고 난 다음, 돼지죽을 주고 닭 모이를 주고 개밥을 주었다. 농촌은 항상 가축들의 밥이 사람의 밥보다 앞섰다.

　우리 집 밥상은 항상 두 상이 차려졌다. 사각의 통영 자개상과 도리상이 그것이었다. 나는 상 위에 수저를 차렸는데 엄격하게 식구들 각자의 수저가 정해져 있었다. 사각 상은 할부지와 아버지 두 분의 상인데, 생선구이를 하더라도 중간 부분이 올라가고 쌀이 많이 들어간 하얀 밥이 뚜껑이 있는 놋 식기에 담겨 올랐다.

　반면 할무니와 아이들은 도리상에 둘러앉았는데, 밥도 새까만 보리밥이 대충 양푼에 담겨 올랐고, 생선 대가리와 김치 꽁지에 반찬도 할부지상과 많이 차이가 났다. 철없는 동생들이 할부지상에서 밥을 먹을 거라고 떼를 쓰다가 저녁때 헛간에 끌려가 아버지한테 혼이 나기도 했다. 그나마 어머니는 식구들이 밥을 다 먹고 나면, 남은 음식을 거두어 아궁이 앞에 앉아 숭늉을 끓이며 자셨다. 젓가락도 없이 국에 밥을 말아서 숟가락과 손으로 끼니를 해결했다.

바쁜 계절에 어머니에게 젓가락은 사치였다. 나락을 추수하는 그때는 한 끼 밥 먹을 시간도 아까운 시절이었다. 그저 허기만 모면하면 그만이었다. 가을이면 어머니는 맨날 코피를 쏟았고 항상 코에 휴지를 꽂고 살았다. 해가 올랐을 때쯤, 늦은 아침을 먹고 어린 동생들까지 동원해서 온 식구들이 볏단 묶기에 매달렸다.

처자권속 굶지않게 칭야칭칭나네

밭을갈고 논을갈아 칭야칭칭나네이

씨를뿌려 거름주어 칭야칭칭나네이

곳간차게 거둬보세 칭야칭칭나네이

함포고복 격앙가를 칭야칭칭나네이

오늘만은 흥이나게 칭야칭칭나네이

— 경북 문경, 〈가을걷이 소리〉 중에서

찐 고구마로 대충 점심을 때우고, 논에 리어카를 세워놓고 볏단을 실어 타작마당으로 옮겼다. 질퍽한 논에 검정 고무신도 벗겨지

고, 리어카 바퀴가 빠져 잘 안 움직였다. 다행히 힘이 한창인 내가 힘을 쓰자, 리어카로 겨우겨우 산더미같이 실은 볏단을 타작마당으로 옮겼다. 온 식구가 매달려서 하다 보니, 오후 늦게 타작마당에 볏가리가 노적봉같이 쌓였다. 할부지와 아버지는 볏단이 이슬을 맞지 않게 갑바(비닐천막)로 잘 덮어 돌로 꾹꾹 누른 다음 제일 늦게 집으로 돌아오셨다.

드디어 내일이 타작이었다. 아버지는 내일 예약된 타작 기계 아저씨께 한 번 더 확인하러 나가시고, 할부지는 구름이 잔뜩 낀 하늘의 별을 보며 라디오에서 나오는 내일의 날씨에 신경을 곤두세웠다. 요즘에는 콤바인이란 기계로 저절로 벼 베기에서 타작까지 다 하지만 그때는 경운기도 없이 일일이 사람의 손과 소의 힘으로 다 하던 시절이었다.

새벽부터 집 안이 분주했다. 나락 타작은 일 년에 단 한 번의 대사였다. 타작마당에는 시꺼먼 연기를 내뿜는 오래된 고물 트럭에 실려 온 육중한 발동기와 탈곡 기계가 내려졌다. 발동기는 6.25 때 미군이 사용하던 것으로 둥근 냉각수통이 위에 달려 있고 연료통이 뒤로 달렸는데, 매일 타작에 동원되느라고 뽀얀 먼지를 둘러쓰고 있었다. 어른들은 기계를 내려 쇠말뚝으로 고정시키고 수평을 잡았다.

이윽고 콜타르 칠을 한 벨트를 연결해서 발동기를 돌리자, 독한 디젤 냄새를 풍기며 발동기가 돌기 시작했다. 얼마나 시끄러운지 옆 사람 말이 안 들릴 정도였다. 어른들은 큰 사고가 난다고 우리를 탈

곡기 옆에 얼씬 못 하게 했다. 그저 어른들이 낟알을 털어낸 볏단을
던지면 그것을 주워 한쪽으로 쌓아놓는 단순한 일을 할 뿐이었다.
그래도 나는 중학생이라고 장정 한 명 몫을 톡톡히 했다. 손목시계
가 11시를 가리키자 나는 리어카를 끌고 집으로 향했다.

어머니는 그새 일꾼들에게 내어 갈 점심 들밥 준비를 다 해 놓으
셨다. 호박을 잔뜩 썰어 넣은 칼칼한 갈치찌개였다. 점심참이 들로
나가자 시끄러운 발동기가 멈추고, 짚을 대충 깐 논바닥으로 모여들
었다. 다들 먼지를 둘러써, 얼굴과 몸이 하얗다. 이른 새벽부터 일을
하다 보니 시장했는지 점심참을 맛나게 드셨다.

할부지는 이런 발동기 탈곡기가 나오기 전에는 '목매'라는 통나
무에 볏단을 때려 탈곡을 했다고 하셨다. 그다음에 '홑태'로 일일이
훑어 타작하는 방식이 생겼는데, 인력에 의존하였기 때문에 탈곡만
며칠씩 걸렸다고 하셨다. 그다음에 나온 것이 '게롱게롱'이었다. 원
래는 발로 밟는 '인력 탈곡기'인데, 돌면서 나는 그 소리 때문에 우
리는 그냥 '게롱게롱'이라 불렀다. 이 기계가 나오면서 타작 속도가
열 배는 빨라졌다고 하셨다.

다시 이보다 열 배는 빠른 것이 이 '발동기 탈곡기'였다. 할부지
는 하루 동안에 탈곡하는 이런 시절이 올 줄 상상도 못 했다고 좋아
하셨다.

어허허 목매야 첫째로 담는밥은

어허허 목매야 할배할매 밥이로다

어허허 목매야 두쨋번에 담는밥은

어허허 목매야 아버지엄마 밥이로다

어허허 목매야 세쨋번에 담는밥은

어허허 목매야 내밥이고 네밥이다

— 경남 밀양, 〈목매 소리〉 중에서

우리는 발동기가 신기해서 아침밥을 먹는 둥 마는 둥, 꺼진 발동기 옆으로 몰려갔다. 발동기는 꺼져 있어도 콧김을 씩씩 내뿜고 있었다. 아재가 작은 물통을 주며 물을 떠 오라고 했다. 내가 도랑의 물을 떠가자 냉각수 뚜껑을 열고 물을 한참 들이부었다. 아재가 나를 보고 시동을 걸어 보라는데, 아무리 돌려도 육중한 쇳덩어리 무게로 씩씩거리기만 하고 여간해서 걸리지 않았다. 그런데 아재가 손잡이를 잡고 서너 번 돌리자 발동기가 다시 돌기 시작했다.

탈곡한 나락은 풍구로 돌려 가마니에 담기 시작했다. 대충 묶어 세워놓았는데, 벌써 열 가마니를 넘어섰다. 할무니는 주위에 떨어진 낱알과 쭉정이를 주워 부지런히 탈곡기 안에 밀어 넣었고, 탈곡이 안 되는 쭉정이는 따로 모았다. 나중에 방망이로 두들겨 찐쌀을 만들 게 틀림없었다.

그렇게 오후 4시쯤에 탈곡이 끝났다. 다행히 구름만 끼었지 비가 오지 않았다. 기계를 철수하여 타작 아재는 돌아가고, 해마다 우리

일을 도와주시는 놉 두 분만 남아서 나머지 일을 마무리하셨다. 저 두 분은 농사를 위해 태어난 것같이 손이 빨라 할부지가 미더워하셨다.

탈곡한 볏단은 따로 모아서 한 리어카 분량의 짚동을 만들었다. 볏짚은 덕석도 만들고, 가마니도 짜고, 새끼줄도 만들었다. 또 작두로 잘라 가축들의 먹이도 되고, 퇴비도 되고, 겨우내 땔감도 되는 요긴한 쓰임새가 있었다. 짚동은 논에 쌓아 두었다가 천천히 옮겨도 되었다. 겨울의 추위에도 그 속에 있으면 희한하게 따뜻했다. 그래서 우리는 그 틈에 아지트를 만들어 놀기도 하고 숨바꼭질할 때 그 속에 숨기도 했다. 다만 이가 몸에 올라 고생을 하기도 하고, 혹 재작스러운 아이들이 불장난하다가 큰 화상을 입기도 했다.

나락은 벌써 수십 섬을 넘었고, 오늘 내로 집으로 볏섬을 옮기는 것은 오롯이 나의 몫이었다. 리어카로 일곱 번을 왔다 갔다 하며 볏섬을 실어 옮겼다. 땀을 비 오듯이 쏟으며 리어카질을 하는 내가 안되어 보였던지, 어머니가 부엌으로 살짝 불러 설탕이 잔뜩 발린 꽈배기를 내밀었다.

나락 섬을 축담과 마루 대청 안까지 가득 쌓아놓고 갑바로 덮어두자, 날이 어둑해지며 저녁 무렵에 비가 쏟아졌다. 참 다행이었다. 온 가족이 일 년을 매달려 씨 뿌리고, 모심고, 김매고, 물꼬를 지키고, 피 뽑고, 바람에 엎어지면 일으켜 세워, 애 터지게 지은 알곡이 고맙게 집 안에 들어왔다.

거기에다 타작을 다 한 후에 비가 오니 마루턱에 앉아 담배를 입에 문 할부지는 기분이 좋으신가 보다. 먼지를 덮어쓴 우리 가족들은 찬물에 목욕하고 새 옷으로 갈아입었다. 도와주신 놉들과 아지매들까지 초대하고, 막걸리도 한 말이나 주문했다.

할무니와 어머니는 새 김치를 주물렀고, 콩나물과 파와 무를 잔뜩 넣고, 일 년에 딱 한 번 끓이는 쇠고깃국에다가 쌀 반, 보리 반의 쌍반지밥을 지었다.

가을비는 주룩주룩 내리고, 큰방에는 할부지와 아재들의 유쾌한 웃음소리가 터지고, 부엌에는 할무니와 어머니와 동네 아지매들이 쇠고깃국에 막걸리를 마시며 자지러진다. 비는 더욱 세차게 퍼붓고 청마루에 둘러앉아 구석에서 밥상을 받은 나는 오랜만에 맛보는 고깃국과 안 씹어도 목에 저절로 넘어가는 쌀밥에 나락을 추수하는 기분을 만끽했다.

마지막 얼음 뱃놀이

우리가 어린 시절, 어른들 이름을 함부로 부르는 것은 큰 실례였다. 예부터 이름을 운명처럼 여겨 신성시하고, 존귀하게 여기는 전통에서 생긴 풍습이었다. 그래서 옛 시절에는 문패도 함부로 붙이지 않았다.

여성들은 친정, 택호에 따라 '영호당댁 할무이, 경산댁, 창선띠, 새댁이, 교장댁' 이라는 식으로 불렸고, 남성들은 몸담았던 신분이나 사는 지역에 따라, '박 면장, 김 주사, 박 상사, 조 대장, 벌리 김 서방, 교동 양반, 명륜동 아재, 칠산 어른' 등으로 부르기도 했다.

이도 저도 아니면 편하게 그 집 큰아이 이름을 붙여 '영아 저그 할배, 순이 저그 할매, 복실이 아부지, 개똥이 어무이, 예솔아' 라는 식으로 불렀다.

예솔아 할아버지께서 부르셔

예 하고 대답하면 너 말구 네 아범

예솔아 아버지께서 부르셔

예 하고 달려가면 너 아니고 네 엄마

— 이자람 노래, 〈내 이름〉 중에서

아이들도 어릴 때 정식 이름 외에, 그 아이라고 짐작할 수 있는 별명이 하나씩 꼭 붙었다.

'소리꾼, 춤꾼, 사냥꾼, 노름꾼, 사기꾼, 술꾼' 과 같이 어떤 일에 있어, 유달리 한쪽으로 발달한 사람을 '꾼' 이라고 불렀다. 아이들 중에도 그런 아이들이 있었다. 이런 아이들은 '꾼' 의 아이 말인 '꾸러기' 를 붙였다. 그래서 '말썽꾸러기, 장난꾸러기, 잠꾸러기, 천덕꾸러기, 심술꾸러기, 눈치꾸러기' 등의 별명이 붙었다.

아이의 노는 성향에 따라붙는 별명도 있었다. '까불이, 덜렁이, 덤벙이' 가 있었고, 또 성격에 따라 '깡순이, 억순이, 삐돌이, 못난이, 얌전이, 똑똑이, 쭈그리' 도 있었다. 그리고 신체적 특성에서 나온 '뚱땡이, 홀쭉이, 왕발이, 육손이, 점박이, 점순이, 원숭이' 도 있었고, 행동에 따른 '울보, 짬보, 코주부, 오줌싸개, 백여시' 등이 있었다.

'쟁이' 가 붙는 별명도 있었다. '쟁이' 는 특정한 재주를 가진 사람이나 그 직업군을 일반적으로 일컫는 말이다. '노래쟁이, 풍각쟁이, 환쟁이, 대장장이, 침쟁이, 춤쟁이' 등이 그것이다. 그런데 쟁이라는 말은 아이들에게도 적용되었다. '멋쟁이' 같이 좋은 경향의 말보다는 주로 안 좋은 쪽을 강조하는 성향이 강했다. '개구쟁이, 거짓말쟁이, 방구쟁이, 고집쟁이, 떼쟁이, 겁쟁이, 수다쟁이'가 그런 별명이었다. 그중에 일반적으로 제일 많이 불린 별명은 '개구쟁이'였다.

개구쟁이는 온 동네를 헤집고 다니며 떠들고, 재작스럽게 노는 아이들의 통칭이기도 했다. 개구쟁이는 '개+궂+쟁이'의 합성어이다. 개는 동물의 이름으로 '개소리, 개새끼' 같이 욕으로도 쓰이지만, '개살구, 개똥참외'와 같이 '작다, 귀엽다'라는 의미도 있었다. 여기서 '개'는 '노는 모양이 강아지 같다'라는 의미가 강했다.

'궂'은 '짓궂다, 얄궂다, 구지다, 궂다'와 같이 '정상적인 상태를 벗어난 성질'을 일컫는 말로 '말썽을 부리는데, 귀엽게 군다.'라는 의미로 '개구지다'고 직설적으로 쓰이기도 했다.

그 시절 우리는 참 재작스럽게 놀았다. 떼로 몰려다니며 여자아이들 고무줄을 끊고, 벽에 낙서하고, 호박에 말뚝 박고, 대문 앞에 오줌 싸고, 불장난을 하다가 남의 집 헛간에 불을 놓기도 했다. 그러하니 아들을 여럿 둔 집안은 보험으로 항상 '밉쌀'이라 하여 '보상용 쌀'을 준비해 두었고, 우리는 '말썽꾸러기, 골칫덩어리, 걱정덩어리, 똥개들, 심술덩어리, 개구쟁이'라는 말을 들어도 쌌다.

개구쟁이 짓도 6학년쯤 되면 제법 사내 티를 낸다고 아찔하고 자칫 목숨을 내놓을 수도 있는 위험한 놀이에 도전하기도 했다. 그것이 바로 한겨울의 '얼음 뱃놀이'였다. 하천이나 강에서 얼음을 넓게 잘라 두세 명이 긴 막대기로 삿대를 만들어 물 위에 타고 노는 놀이를 말한다. 정말 재미는 있었지만, 요즘 같으면 119가 출동할 만한 위험천만의 아찔한 놀이였다.

우리 동네 강은 남해안으로 들어가는 입구라 얕은 곳도 있지만, 깊은 곳은 어른 키 두 길 정도로 물이 가득하고 소가 많아 사고도 잦은 곳이었다. 강에는 가장자리에만 얼음이 얼고 중간 지점에는 물이 흘렀다. 아이들이 썰매를 타는 곳은 가장자리이고, 가운데는 위험한 곳이라 금기에 도전할 만큼 용기가 없어 얼씬을 하지 않았다.

큰 축들은 벌써 조무래기나 타는 썰매에 흥미를 잃었고, 더 재미있는 얼음 배를 만들기 위해 정무문의 이소룡같이 비장한 표정으로 날카롭고 제법 큰 톱도 준비하고, 도끼와 돌덩이도 준비하고, 삿대로 쓸 긴 작대기도 준비했다. 그리고 물과 얼음의 금기 경계선에서 여럿이 얼음을 자르기 시작했다. 톱질을 하고 돌로 얼음을 힘껏 내치니, "쩡, 쩍" 하고 얼음 갈라지는 소리가 사방에 진동했다. 수십 분이 지났을까 제법 큰 방 두 개 크기의 얼음 배가 떨어져 나갔다.

두 명이 한 조로 삿대질을 하니, 얼음 배가 서서히 움직이기 시작했다. 큰 축들은 서로 환호성을 지르며 얼음 배 위에 올라탔다. 강가에서 썰매를 타는 동생들은 부러운 듯, 얼음 배 출항 모습을 쳐다보았으나 지레 겁을 먹고 가까이 가지는 않았다. 그 옆의 얼음 배도 출항을 하여 큰 축 네 명을 태우고 제법 사공 흉내를 내면서 노래까

지 부르며 강을 미끄러져 나갔다.

"잘 있어요, 잘 있어요, 그 한마디였었네. 잘 가세요, 잘 가세요, 인사만 했었네."

그렇게 바다까지 갈 줄 알았다. 그런데 문제는 이 얼음 배가 강 위에서 오래 버틸 수 없다는 점이었다. 강 양쪽을 서너 번 왔다 갔다 하던 얼음 배는 햇볕에 얼음이 슬슬 풀려 물컹물컹 흐물흐물해져 물이 들기 시작했다. 어디서 본 것은 있었던지, "탈출하라!" 하는 고함이 강가에 울려 퍼졌다.

얼음 배는 슬슬 가라앉았고 우리는 물속에 그대로 빠지고 말았다. 대부분의 동네 아이들은 해마다 겪는 일이라 심드렁하게 쳐다보고 킥킥 웃었다. 물에 빠진 우리도 아무렇지도 않다는 듯 삿대를 꼭 잡고 덜덜 떨며 헤엄을 쳐서 빠져나왔다. 강가에는 이렇게 될 줄 알았다는 듯이 동무들이 불을 활활 피워 놓았다. 입술이 시퍼레진 우리는 옷을 짜서 말리고 신발도 말렸다. 그리고 불 속에서 구워진 고구마로 추위를 달랬다.

얼음물에 빠지든 말든, 우리는 내일 또다시 새로운 얼음 배로 갈아탈 것이고, 또 몇 번이나 물에 빠지고, 또 불에 말리고, 아무 일도 없었다는 듯이 삿대를 들고 집으로 돌아갈 것이다. 참 불안하고 위태롭고 간담이 서늘하고 무시무시한 놀이였지만 그만큼 즐겁고, 짜릿하고, 마음 졸이던, 간도 큰 내 개구쟁이 시절의 마지막 얼음 뱃놀이였다.

엿장수와 아이스께끼

단맛은 달콤한 행복과 육체적 충만감을 주는 인류에게 신이 내린 귀한 선물이었다. 그래서 과거부터 꿀과 초콜릿 등은 귀족들의 소유물로 인식되었고 서민들은 나무와 과일에서 얻는 시럽 정도로 만족해야 했다.

중세에 들어 쉽게 당을 얻는 설탕이 발견되면서 더 많은 단맛을 느끼고 싶어 하던 인류는 결국 새로운 비극을 잉태했다. 바로 사탕수수의 발견이었다. 사탕수수는 열대작물로 유럽에서는 재배할 수 없었다. 사탕수수를 재배하기 위해 많은 땅과 노동력이 필요했고, 이러한 과정에서 아메리카 원주민에 대한 학살과 토지수탈, 흑인 노예의 유입이라는 당분의 세기적 흑역사를 낳았다.

한국은 고대로부터 당분 부족국가였다. 꿀은 약으로 쓰이는 귀한 물산이었고, 사탕수수도 재배되지 않았고 기껏해야 과당이 유일했다. 90년대까지만 해도 설탕은 명절에 선물로 들고 갈 정도로 귀한 것이었다. 그래서 가장 널리 퍼진 당분 문화는 곡물을 삭혀 당화를 추출하는 조청으로, 유일한 당분섭취 방법이었다.

엿은 쌀, 조, 옥수수, 수수 등으로 고두밥을 쪄서 엿기름을 넣어 삭힌 뒤, 졸이고 고아서 그 식혜를 자루에 넣고 물만 짜낸 후, 다시 고우면 달고 점성이 강한 물엿이 만들어졌다. 이것을 굳힌 것을 '강엿'이라 했고, 강엿을 치대어 공기를 넣어 잡아 늘여 뽑아 만든 것을 '엿가락'이라 했다. 한편 지방마다 생산되는 곡물에 따라 고유의 첨가물이 들어가는 독특한 엿이 있었다.

경상도는 호박이 첨가되는 호박엿이 유명하였고, 충청도는 무채를 넣은 무엿이 별미였고, 전라도는 고구마로 만든 고구마엿이 유명하였다. 그리고 제주도는 엿에다 꿩의 고기를 넣어 만든 독특한 꿩엿이 있었다. '엿'은 진득한 점성으로 늘어나서 '계속 이어진다.'라는 뜻의 '잇는다.'를 어원으로 예부터 큰 변화 없이 '엿'으로 불러온 순수 우리말이다. 엿은 잘 달라붙는 진득한 점성으로 많은 풍습을 만들었다.

과거가 유일한 출세 수단이었던 조선 시대에는 아무 데나 잘 붙는 엿의 성질을 시험에 비유하여 합격을 하면 "붙었다."라고 했고 불합격을 하면 "떨어졌다."라는 표현을 썼다. 그리고 과거장 입구에서부터 착 달라붙으라고 엿장수, 떡장수, 술장수들이 즐비했다고 한다. 이러한 풍습은 오늘날까지도 합격 엿, 합격 떡으로 이어지고 있다.

신부가 처음 시댁에 와서 시댁 어른들께 인사를 드리는 혼례의식을 '폐백을 드린다.'라고 했다. 이때 친정집에서 정성껏 음식을 장만해 함께 들려 보낸다. 이 이바지 음식 중에 꼭 '폐백엿'을 넣어 보내는데, 이를 '정성엿'이라고 했다. 이 이바지 음식의 엿은 신랑 신부가 '엿처럼 찰싹 달라붙어 화합하고 달달하게 살아라.'는 의미와 '새 며느리의 흉을 보지 않게 엿으로 시댁 식구들의 입을 막는다.'는 주술적인 의미가 있었다.

폐백엿은 시집보낸 딸이 그 집안의 일원으로 착 달라붙어 잘 지내라는 친정어머니의 간절한 소망을 표현한 것이다.

엿은 세찬이나 절식, 혼례 등 경사가 있고 특별한 날에 만드는 음식이었다. 따라서 가정마다 설날 전에 귀한 곡식과 엿기름과 불과 정성으로 그 집안 고유의 조청을 만들었다. 그 조청으로 일 년에 딱 한 번 한과를 만들었고, 설날과 대보름날 엿을 만들어 '복엿'이라 하며 소원을 빌고 먹었다.

정초에 복엿과 과자를 많이 먹으면 일 년 내내 몸이 달달하며 건강하고, 살림이 엿가락처럼 늘어나 부자가 된다는 믿음 때문이었다. 주전부리가 부족하던 옛날에는 엿장수의 철컥거리는 가위 소리만 들려도 사람들은 저절로 활력을 되찾았고, 꼭 엿을 사지 않더라도 그 주위로 사람들이 모여들었다.

엿장수는 크게 두 종류가 있었다. 오일장에서 만나는 엿장수와 동네를 돌아다니는 엿장수였다. 오일장 엿장수는 주로 돈과 곡식을 받았고 방문 엿장수는 돈과 곡식뿐만 아니라 고물장수를 겸하고 있었다. 엿은 주로 강엿과 꽃엿, 가래엿을 팔았는데 엿판을 앞으로 메고 다니는 영세한 엿장수는 주로 가래엿을 팔았다. 엿가위만 들고 단순하게 "엿 사시오!" 하는 외침으로 엿을 팔았다. 반면에 리어카에 직사각형 모양의 넓은 엿판을 걸고 다니는 기업형 엿장수는 엿가위와 엿칼이 따로 있었고, 구성진 노랫가락에 사람들을 휘어잡는 말솜씨가 좋은 사람들이었다.

엿판 위의 엿도 달랐다. 강엿과 가래엿은 물론이고, 오늘 아침에 만든 흰 엿을 넓게 빚어 그 위에 붉은색, 초록색, 노란색 과자를 뿌려 형형색색 색을 입힌 꽃엿을 가지고 다녔다. 이 꽃엿 위에 엿칼을 놓고 엿가위로 몇 번 치면 꽃엿이 잘려져 나갔다. 그날의 기분에 따라 엿장수 마음대로 엿의 양이 달라지는데, 엿칼질에 따라 많이 주기도 하고 적게 주기도 하였다.

남녀노소 사람들 모두가 좀 더 달라고 애원을 하며 엿장수를 우러러 보았고, 엿장수는 면장 못지않게 유일하게 위엄을 부리는 순간이었다. 엿장수는 신이 나서 엿가위와 엿칼을 두들기며 엿 파는 노래를 불러 재꼈다.

엿타령은 엿장수가 엿을 팔기 위해 사람들을 호객하면서 부르는 노래이다. 반주는 엿가위와 엿을 떼어내는 쇠칼로 가락에 맞춰서 하며, 자기가 가져온 엿을 '경주불국사 대들보' 같은 엿이라고 자랑을 늘어놓기도 하고, 엿을 바꾸어 주는 비녀, 요강, 삼베 등의 물건들을 나열하며 부르는 해학적인 노래이다.

그리고 엿판 옆에는 오일장 본 노름판에서 거부당한 얼치기 노름꾼들이 '엿치기' 라는 내기를 꼭 하였다. 엿치기는 가래엿을 부러뜨려 엿 속에 난 공기구멍의 크기로 내기를 하는 게임인데 엿값이나 돈을 걸고 하다 보니 먹살잡이가 수시로 일어나기도 했다.

6.25 전쟁 이후에는 오일장이 아니더라도 마을을 방문하는 엿장수가 있었다. 리어카에 엿판을 싣고 엿가위를 째깍거리며 등장을 하면, 동네 아이들은 돈이 없고 고물이 없어도 엿 냄새라도 맡기 위해 엿장수를 따라 다녔다.

이들은 곡물이나 공병, 쇠붙이, 고무신, 가죽, 골동품 같은 것을 받고, 그 값어치만큼 엿이나 빨랫비누로 바꿔주는 고물상을 겸하기도 했다. 제일 큰 값어치는 쇠붙이였다. 그때는 어느 집이든지 포탄 껍질, 탄피 통, 철모, 기름통 등이 즐비했고 그것을 엿장수에게 갖다 주면 3일을 먹어도 녹지 않는다는 강엿과 바꿀 수도 있었다.

그다음은 공병이었다. 만물이 귀하던 시절 공병은 유용한 살림 도구였다. 최고는 제사나 명절이 지나서 나오는 한 되짜리 '정종병' 이었다. 그것의 가치는 꽃엿 두 주먹으로 온종일 입을 오물거리고 다닐 수가 있었다. 집집이 석유를 받아오는 누런 정종병이 있었고 파란 막걸리병이 따로 있었다. 참기름, 들기름, 동백기름을 담는 소주병, 박카스 빈 병이 기본으로 10병은 넘게 있었다.

그다음으로 떨어진 고무신이나 토끼 가죽 같은 잡화 고물들이었

아 단물이 출출 사탕엿

묵어봐야 맛을 안다고

호남선 전봇대 같은

경부선 젓까치 같은 거

경주불국사 대들보 같은 거

자 막 가져오 가져오시오

고무굽통 떨어진 것이나

마도르쿠 떨어진 것이나

첫날 저녁에 퍼물음 떨아

비녀꼭지 똑 떨어진거

건방진 새악씨 오줌 누다가

오강 밑 홀렁 둘러 빠진 거

엘라 춤딱게 꼬닥게

삼베걸레 막 떨어진 거

아 가져오시오 가져오시오

막 판다 막 판다 자 마이 준다 마이 준다

복구대 같이 많이 준다

작기 준다 작기 준다

봉래판 뭉치이만큼 뚝뚝 파는 엿이로구나

아 단물이 철철 사탕엿

묵어봐야 맛을 안다고

— 경남 양산, 〈엿 타령〉 중에서

다. 엿장수가 오는 날은 달콤한 유혹에 홀린 아이들이 어른들 몰래 고물을 가져다주고 엿을 바꿔먹는 바람에 집마다 매타작을 당하는 애처로운 소리를 들어야 했다.

> 울릉도 호박엿
> 둥글둥글 수박엿
> 황오리봉산 대치엿
> 쫄기쫄깃한 찹쌀엿
> 떡벌렸다 나팔엿
> 쟁반겉이도 너부적
> 백설겉이 하얀엿
> 이리저리 다나간다
> 전방 할마이 술받으시
> 이리저리 다 나간다
> 또랑치고 기잡고
> 꽁먹고 알먹고
> 처남좋고 매부좋고

— 부산 기장, 〈엿장수〉 중에서

보통 엿장수들 사이에도 자기 담당구역이 있어 몇 년을 한 동내를 상대하다 보면 그곳에서 고물이 나올 시기를 환하게 알고 있어 엿장수는 그 동네의 시시콜콜한 일까지 꿰뚫고 있었다.

엿장수들은 저마다의 깊은 사연이 있었는데 우리 동네 엿장수는 황해도가 고향으로 전쟁 때 혈혈단신 월남해서 엿장수를 한다고 소문이 났다. 이북 말씨를 쓰는 엿장수는 엿 인심, 비누 인심도 좋고 넉살도 좋아 여기저기 밥도 잘 얻어먹고, 애경사라도 벌어지면 엿장수는 공을 치는 날이라 엿판을 접고 술도 한 잔 얻어먹었다.

엿은 밥도 술도 무엇과도 바꿀 수 있는 화폐와 같았다. 그래서 학교에서 선생님이 내준 산수 문제를 못 풀면 "답은 엿 바꿔 먹었냐."라며 꿀밤을 얻어맞았다. 이렇게 우리의 달콤하고 황홀한 유혹과도 같았던 엿도 맥을 못 추고 임시 휴업하는 계절이 있었으니 바로 여름이었다.

열기에 약한 엿은 여름이면 질척하게 녹아내려 자르기도 쉽지 않았고 아무리 밀가루를 많이 뿌려도 손이나 옷 어디에나 철썩 들러붙기 때문에 크게 환영을 받지 못하였다. 이 때문에 엿의 비수기인 여름, 엿은 녹아내리고 들러붙는 이미지와 성질로 인해 배신한 연인처럼 부정적인 이미지로 변하였다.

상대방에게 욕으로 쓰는 "엿 먹어라."가 있었고, 뭔가 직성이 풀리지 않을 때는 "기분이 엿 같다."라고 하였고, 일이 잘 풀리지 않고 난처한 상황에 직면하면 "일이 엿같이 되었다."와 같이 부정적인 의미의 욕으로 쓰이는데, 모두 여름 엿에 빗댄 말이었다.

그 황홀한 엿 맛의 빈틈을 비집고 그 여름 우리가 엿을 배신하게 한, 새로운 당 충전을 위한 구세주가 있었으니 바로 '아이스께끼'였다. 매미가 시끄럽게 울기 시작하면, 엿장수가 나타나던 동네 어귀에 파란 나무 아이스박스에 형형색색의 빙과를 녹지 않도록 가득 넣고 "아이스께끼!"라고 소리치며 빙과통을 울러멘 소년들이 나타났다.

요즈음 생각하면 그냥 사카린 탄 물에 식용색소를 풀고 나무 막대기를 넣고 얼린 수준인데도, 그 당시에는 여름에 얼음과자를 맛본다는 것 자체가 참 신기한 일이었다. 그 아이스께끼는 왜 그리 맛이 있었던지 우리는 혓바닥이 색소로 퍼런 물이 들 때까지 엿은 새까맣게 잊고 고물을 아이스께끼 장수에게 갖다 바치며 새로운 사카린 맛에 완전히 빠져버렸다.

그러나 그 맛있던 아이스께끼도 최후를 맞았다. 얼마 이후에 마을 구판장에는 냉동고라는 신문물이 등장하고 팥이 들어간 '하드'라는 것이 새로 나왔다. 그리고 각 가정에도 냉장고가 보급되면서 '12시에 만나요 브라보콘'이나 '엄마 아빠도 함께 투게더', '어쩌면 이렇게 시원할까 쮸쮸바' 같은 고급 빙과류가 등장해 아이스께끼도 추억의 당분이 되어버렸다.

아침부터 저녁까지 단맛이 철철 넘치는 시절을 살아가면서 50년 전, 우리들의 단맛에 대한 열망을 달래주었던 이북 엿장수 아저씨와 아이스께끼 통을 매고 다녔던 까까머리 중학생 형이 보고 싶어진다.

그때도 참 열심히 살았는데 잘 살아가는 할아버지가 되었을까.

참새 쫓기, 후여 후여

가을 노을빛이 서산에 짙으면 집마다 밥을 짓는 연기가 곰실곰실 오른다. 하얀 김이 모락모락 오르는 쌀밥을 마주하는 농군의 마음은 천 갈래 만 갈래로 심사가 어지러워 목구멍으로 뜨거운 것이 울컥 솟아올랐다.

이 쌀밥을 입에 넣기 위해 얼마나 많은 시련과 고통과 조바심이 있었던가. 그래서 우리의 옛 농군들은 농사는 열에 일곱은 하늘이 짓고, 셋은 사람이 짓는다고 하였다.

우리네 땅은 사철이 선을 그은 것같이 명확하여, 일 년에 서너 차례씩 지나가는 동북아시아 태풍행로의 가운데 길이고, 시베리아 기단의 변덕으로 가뭄이나 홍수 둘 중의 하나는 꼭 찾아오게 되어 있었다. 거기다가 병충해와 폭염, 냉해 등 인력으로 어찌할 수 없는 예기치 못하는 일들이 자주 발생하였다.

그래서 농경민족으로서 풍작을 바라는 마음은 신앙보다도 더한 사고체계이기에 정월 초부터 쌀을 손에 쥐는 그 순간까지 풍작을 비는 민간신앙에 수많은 금기 풍속을 만들어냈다. 대보름달을 보며 치는 달점도 그해의 풍흉을 알아보는 풍속이었고, 줄다리기, 석전 놀이와 같은 정월 대보름의 많은 대동 놀이도 농사를 본격적으로 시작하기 전에, 마을 공동체의 대동 정신을 키워 그해의 두레를 원활하게 하는 바탕이 되었다.

모를 심는 날은 시원적 사고방식의 금기 풍속이 극에 달하는 날이었다. 모심기는 그해의 나락 농사를 결정짓는 중요한 날이기에 택일을 하는데, 오행에서 논에 가장 중요한 물(水)에 속하는 돼지 날이나 소 날·용 날·개 날에 모를 심어야 풍년이 든다고 믿었다. 그리고 모심기 사흘 전에 못자리에 거름을 줄 때도 풍작의 상징이고 다산의 상징이 되는 여성의 오줌을 최고로 쳤다.

이렇게 모심는 날을 잡으면 모꾼들을 사는데, 별난 집에서는 일단 키가 작은 사람은 모꾼에서 제외였다. 그 사람이 심은 벼가 키가 작달막하여 소출이 적을 것을 염려한 유감 주술 때문이었다. 아이를 못 낳는 여인도 모꾼으로서는 실격이었다. 역시 흉작이 들까 하는 염려 때문이었다. 반대로 아이를 열 이상 낳은 여인은 모꾼으로 대환영이었다. 써레질하고 모심기를 기다리는 논에 이 다산의 여인이 첫 모를 심으면 풍작이 든다고 믿었기 때문이었다.

모를 심는 방향도 정해져 있었는데, 한국인이 좋아하는 생산적인 방위인 동남쪽에서부터 심어야 풍년이 들고, 북서쪽으로 심으면

흉년이 든다 하여 반드시 동남쪽에서부터 못줄을 잡아 나갔다.

우리네 벼가 이 수많은 사연을 안고 보기에도 배가 부른 나락이 누런 황칠이라도 하는지, 하루하루 들의 색깔을 바꿔 놓았다. 그러나 농사짓는 누구도 입으로 농사가 잘되었다느니, 풍작이 왔다고 입방정을 떨지 않았다. 우리네 농사일이 30%의 사람의 힘과 70%의 자연의 힘으로 지어진 것이었다. 그래서 오랜 시련 끝에 터득한 경험으로 집 안에 볏섬을 들여놓기 전에는, 어떤 운명이 어떻게 해코지를 할지 모른다는 호사마다好事多魔, 조심스러운 습속으로 최대한 입조심을 하였다.

정월에 맞이하는 첫 쥐 날이나 첫 돼지 날에는 그 동물들의 발복을 막기 위해 매사에 조심하고 조용조용 긴장 속에 보내는 풍속이 있었다. 쥐나 멧돼지는 농작물을 해를 끼치는 짐승으로 농경민족에 있어서 풍작을 저해하는 가장 두려운 동물들이었다. 대보름에 쥐불놀이하는 이유도 여기에 있었다.

이래저래 농사가 잘되었다고 치자. 하지만 벼가 풍작이 들었다고 마음을 놓아서는 안 되었다. 이맘때쯤 최후의 상극 '참새'를 만나기 전까지는 끝난 게 아니었다.

참새는 참 약아빠지고 영리한 농군의 천적이었다. 논가에는 아이들과 할부지, 할무니들이 깨진 양재기와 세숫대야를 두들기고 악다구니를 쓰고 "후여 후여" 하며 참새를 쫓아내었다. 가을걷이 전에 마지막 살아있는 상극인 '참새 쫓기'가 시작된 것이었다.

아랫녘 새야 웃녘 새야

천지고불 녹두새야

우리 논에 앉지 말고

부잣집 논에 가 앉아라

갈게오면 섬으로 주고

말로 주마 워 워이

후어 바가치 뚝딱 후어

오늘만 여 까묵고

내일은 까묵지 마라

김선달네 맏딸애기

잔채에 술얻어 먹으러

가거러 후어

— 경북 의성, 〈새 쫓는 소리〉 중에서

70년대 시골 농가에는 사람들과 가깝게 사는 새가 참 많았다. 손님이 온다고 알려주는 까치도 감나무에 둥지를 틀고 살았고, 처마 밑에 집을 튼 제비도 있었고, 담부랑 밑에 살면서 아침잠을 깨우는 참새도 무척 많았다. 까치와 제비는 집을 명확하게 알 수가 있었지만, 참새는 그 특유의 은밀성으로 틀림없이 같은 집에 사는데 어디에 사는지가 확실하지 않았다.

굴뚝에서 나오기도 하고, 함석지붕 아래 처마에서 또는 돌담 사이 구멍에서 여러 마리가 쏟아져 나오기도 했다. 참새의 '참'은 '작다'라는 뜻이 있는 '좀〉춈〉참'에서 파생된 말로 참새는 '작은 새'라는 뜻이 있다. 그래서 "참새가 아무리 쨱쨱해도 구렁이는 꿈쩍하지 않는다", "참새가 작아도 새끼만 잘 낳는다"라는 말과 같이 작은 것을 대표하는 상징이었다.

크기는 아이들 주먹만 하고 등은 갈색이고 배는 회색이다. 목 부분이 하얗고 날개에 검은색 띠가 있다. 번식력이 왕성하고, 무리 지어 다니는 것을 좋아한다. 작지만 일 년 내내 우리와 함께 사는 텃새답게 자존심을 부리며 사람을 그다지 무서워하지 않았다.

또 동작이 민첩하고 과감하여 마당에 내려와 알곡을 찾거나 땅을 파서 벌레를 잡아먹기도 했다. 그러한 특성을 파악한 개구쟁이들이 바구니 포획 틀을 마당에 설치해서 참새를 잡아 구워 먹기도 했다. 참새는 우리나라 전역에서 사는 가장 흔한 텃새이며 뛰어난 식욕으로 동식물을 가리지 않고 먹었다. 먹이가 상대적으로 부족한 겨울에는 방앗간 부근에 온 동네 참새들이 다 모여들어 시끄럽게 알곡을 주워 먹어서 '참새 방앗간'이라는 말이 생길 정도였다.

모를 심고 나락을 키우는 여름까지는 벼의 해충들을 먹어 치우는 고마운 일을 하지만, 볍씨가 여무는 가을이 되면 겨울을 준비하기 위해 살을 찌워야 하는 야생동물의 생존본능상, 수십 마리가 떼를 지어 다니며 다 된 나락을 까먹어 쭉정이가 생겨 그해 농사를 망쳐놓기도 해서 농군들의 밉상을 받기도 하였다.

학교 방과 후에 아이들과 거동이 불편한 노인들은 그냥 앉아 밥을 축내기가 미안해서 '참새 쫓기' 같이 단순한 일은 그들의 몫이었다. 밤말은 쥐가 듣고 낮말은 참새가 듣는다더니 약아빠진 참새들은 아이들 고함 따위는 신경도 안 썼다. 허수아비라고 세워 놓았건만 간 큰 참새들은 허수아비 어깨에 앉기도 했다. 그나마 노인네들이 허공에 치는 '때기'가 제일 효과가 있었다.

때기는 짚이나 삼실로 여자애들 머리카락 땋듯이 세 가닥으로 꼬아 만든 채찍인데 허공에 돌리다가 반대로 낚아채면 제법 총소리 같이 "딱" 하는 굉음을 내어 참새 떼를 쫓는 도구인데 '태'라고도 했다.

세숫대야를 두들기다 지친 사내아이들은 탱자나무 가지를 잘라 노란 고무줄로 듬직한 새총을 만들어 참새들을 향해 연방 쏘지만, 거기에 맞고 쨱 하고 죽는 참새는 한 마리도 없었다.

2부

고무공장
큰 애기는
반봇짐을
싸누나

신고산이 우루루루
함흥차 떠나는 소리에
고무공장 큰애기는
반봇짐을 싸누나

검정 고무신

　인류가 직립보행을 하면서 발은 인간의 몸을 지탱해 주는 중요한 신체 부분이었다. 발에 집중되는 부하와 거친 땅과 차가운 눈과 뜨거운 모래로 인해, 인간은 발을 보호하기 위해서 '신고 다닐 수 있는 것'이 필요했고 그때부터 '신' 또는 '신발'을 신기 시작했다.

　초기의 신발은 발을 더럽히지 않기 위해, 또는 발을 보호하기 위해 자연에서 구하기 쉬운 풀, 가죽, 나무 등을 엮어서 발을 감싸는 단순한 형태였다.

　그러나 문명의 발전과 더불어 신발은 그 후 의복과 함께 계급을 나누는 중요한 척도가 되었다. 그래서 왕족은 금속신발을 신기도 했고, 부츠에서 샌들까지 귀족과 서민층의 신발이 계급을 상징해 차이가 났다.

　또 "신발을 신었다.", "신발을 안 신었다."를 가지고 그 나라의 문화 수준을 평가하는 때도 있었다. 인류의 흑역사는 신을 신고 사는 나라가 훨씬 발전된 나라라는 오만함으로, 신을 안 신고 다니는 나라를 강제 병합하고 식민지로 삼기도 했다.

실제로 1858년 영국에서 바늘과 북실이 함께 작동하며 바느질을 하는 제화용 재봉틀을 발명하면서 신발의 대량생산이 가능해졌다. 영국이 그 신발을 신고 영국의 식민지를 확장한 것도 신발의 발전과 제국주의와 같은 맥락이었다.

조선 시대와 같이 신분이 엄격하게 통제된 사회에서는 국법으로 신분에 따라 어떤 신발을 신을지가 정해져 있었다. 양반들은 가죽신을 신었고 백성들은 짚신이나 미투리를 신었다.

그 당시에는 지위의 고하에 따라 신을 수 있는 신발이 엄격히 차등 구분되어 있었다. 조선 시대의 양반 남성은 신발을 목이 긴 화靴와 목이 없고 운두가 낮은 혜鞋로 나누어 신었다. 화靴는 벼슬을 하는 양반가의 관복에 신는 반장화형 신발로 이를 목화木靴라고 했다.

1품에서 9품까지의 문무백관들이 조복朝服 차림에 신는 검은 가죽신인 흑피혜黑皮鞋도 있었다.

조선 시대 양반가의 대부분은 태사혜太史鞋를 많이 신었는데, 신코부분의 발등 곡선을 따라 흰 줄무늬인 태사문이 있어 그리 불렀다. 아이들은 소아 태사혜를 신었고, 양반가의 노인들은 볼이 넓어 신기 편한 발막신도 많이 신었다.

양반가 여자 신발의 종류도 다양했다. 이들은 주로 목이 없고 운두가 낮은 혜鞋를 많이 신었다. 궁중에서 궁녀들이 신는 궁혜宮鞋, 양반가 부인들의 주 신발인 당혜唐鞋가 있었고, 수를 곱게 놓아 양반가 젊은 여성들의 애장품 꽃신 수혜繡鞋, 제비부리와 진홍색으로 궁중과 양반가 젊은 여성 그리고 기녀들의 인기를 독차지한 온혜溫鞋 등이 그것이다.

비가 오는 날이면 남녀공용 들기름을 입힌 유혜油鞋를 진신이라 하여 많이 신었는데, 경제적으로 궁핍하면 나무로 만든 나막신을 신었다. '남산골 딸깍발이'라는 속담은 가난하게 물이 안 빠져 늘 땅이 진 남산골에 사는 선비가 돈이 없어 짚신을 사지 못해 마른날에도 잘 닳지 않는 나막신을 신고 다녀서 생긴 말이다.

상류층이 주로 가죽 비단, 나무, 놋쇠로 만든 혜鞋를 신었다면, 일반 양인들은 모두가 벼농사로 인하여 구하기 쉬운 볏짚을 이용한 값싸고 질기고 실용적인 짚신을 주로 신었다. 그런데 소모품이다 보니 시간만 나면 짚신을 삼는 것이 남자들의 큰 일거리였다. 형편이 좋은 평민들은 올이 튼튼한 삼이나 모시, 칡넝쿨 등으로 짚신보다 한 단계 위인 미투리를 만들어 신기도 했다.

조선 후기에 신분제가 무너지면서 양민들도 갖신을 신었는데, 짚신과 미투리와 공존을 하다가, 일제 강점기가 시작되면서 서구화된 문물들이 쏟아져 들어와 수백 년 동안 이 땅을 밟던 짚신과 미투리와 갖신도 안녕을 고하게 되었다. 그 신문물의 이름은 '고무신'이었다.

고무는 고무나무 수액으로 만든 물질로 프랑스어 gomme[검]이

어원이다. 한자어로는 호모護謨라고도 했다.

원래 야생 고무나무의 원산지는 남미 아마존이었다. 물과 공기가 스며들지 않고, 탄성이 어마어마한 고무를 신의 선물로 여겨 마야인들은 고무공 경기장을 만들어 고무공 놀이를 하며 신을 찬양했다. 그 신의 선물이 적중했는지 오늘날 우리 산업과 생활에서 고무를 빼놓고는 상상을 할 수 없을 정도로 산업의 기초 소재로 쓰이고 있다.

고무신은 말 그대로 '고무로 만든 신발'을 뜻한다. 19세기에 들어서면서 영국은 동남아의 고무나무 농장에서 고무 수액을 대량 생산하게 되었다. 그 후 합성고무의 가공기술이 발달하였고, 미국에서 합성고무로 운동화를 만들기 시작하였다.

이것이 일본으로 기술이 전래하여 일본에서 고무제 신발이 대량 생산되었다. 그러나 이 고무와 가죽이 섞인 일본식 고무 신발은 덥고 습한 일본의 해양성 기후 특성상 공기가 순환되지 않아 답답하고, 발 염증이 급증하자 소비자의 외면을 받았다.

재고품이 급증하자 일본 기업은 '강철보다 강하다'는 장점을 홍보하며 조선에 이 고무 신발을 대량 수출하게 되었다. 평양의 일본인 가게 '나이토쿠 상점'의 사환으로 일하던 이병두는 덕천 출신으로 머리 회전이 빠르고 사업수완이 뛰어난 조선인 청년이었다. 그는 일을 하는 일본인 상점에서 고무 신발이 잘 팔리는 것을 보고 친구인 평양 갑부 최규봉을 설득하여 일본 고무화 제조회사와 직거래를

하는 '고무 신발 전문상점'을 열었다.

이병두는 단순하게 수입에 의존하지 않고 일본으로 건너가서 고무공장에서 제조 공정 기술을 배웠다. 그리고 평양에 우리나라 최초의 고무신 공장을 지었다. 그는 여기에서 더 나아가 조선인의 신발 취향과 발에 맞을 수 있는 디자인을 연구하였다. 그는 고무신을 우리의 신발 모양으로 개량하여 남자 고무신은 전통적인 짚신과 당혜 모양으로 만들었고, 여자 고무신은 십 년 전까지 인기가 높았던 운혜를 본떠 코고무신을 만들었다.

짚신보다 내구성이 뛰어나고, 가격이 저렴하고, 가볍고 맵시도 있고, 걸레질 한 번에 깨끗해지고, 무엇보다도 무논의 농사일이 잦은 우리 풍토에 발끝에 신발을 걸고 몇 번 털어주면 물기가 싹 제거되어 방수성이 뛰어났다.

조선에서 만든 조선 고무신은 대중들에게 전국적으로 단숨에 국민적 호응을 얻게 되었다. 그 후 '대륙 고무주식회사'와 같은 대기업형 고무신 공장들이 서울, 평양, 동래를 중심으로 생기기 시작했다.

신고산이 우루루루

함흥차 떠나는 소리에

고무공장 큰애기는 반봇짐을 싸누나

— 함경도, 〈어랑타령〉 중에서

1920년대에는 고무신의 수요도 급증하였고, 대륙고무, 중앙상공, 정창고무 등 여러 고무신 공장이 전국적으로 우후죽순으로 생겨나 조선의 주류 산업으로 성장하였다.

생산품 대부분은 순수 노동력에 의존하였고, 남성 인력보다는 솜씨 좋은 여성 인력들이 많이 채용되었다. 그 당시에는 여성들이 진출할 수 있는 일자리가 좁아서, 고무공장을 다닌다고 하면 모던 여성으로 인정받았고, 다시 쳐다볼 정도로 인기가 좋아 반봇짐을 싸서 가출하는 큰애기들도 있었다.

1930년대 들어서면서 세계는 대공황에 직면했다. 조선의 고무산업도 이를 피할 수가 없었다. 노동 환경은 갈수록 열악해졌다. 당시의 고무공장 여공들의 임금은 한 달 월급으로는 고무신 한 켤레도 사지 못하는 최저 임금이었다. 그런데 일제는 공황을 핑계로 노동시간을 갈수록 늘이고 퇴근 시간조차 넘기기 일쑤였다. 거기에 항거하면 해고를 당했다.

> 고무공장 큰 굴뚝 거짓말쟁이
> 뛰 하고 고동은 불어 놓고는
> 우리 엄만 아직도 보내지 않고
> 시치미를 뚝 떼고 내만 피지요
>
> — 한태천 작사, 〈공장 굴뚝〉(1930) 중에서

조선의 주류 산업이었던 고무신 공장의 여성 노동자들은 열악한 환경에서 지독한 착취를 당하는 애환을 겪었다. 엎친 데 덮친 격으로 '조선고무 기업가 동업조합'은 임금을 10% 깎겠다고 발표했다. 결국, 평원고무공장 여성 노동자 강주룡을 비롯한 '평양고무 직공조합'은 '임금감하 절대반대, 해고반대' 등의 조항을 내걸고 파업에 들어갔다.

1931년 5월 29일 평양 을밀대 지붕 위에는 강단 있게 생긴 여성이 목숨을 내어놓고 우리나라 최초의 고공시위를 벌이며, 정부의 임금삭감과 부당한 대우에 대한 항거를 토로했다. 바로 평원고무공장의 여성 노동자 강주룡이었다.

내 한 몸뚱이가 죽는 것은 아깝지 않습니다. 내가 배워서 아는 것 중에 2,300여 명 고무공장 여공들을 위하여 자신을 희생하는 일은 명예스러운 일이라는 것이 가장 큰 지식입니다.

나는 평원고무 사장이 이 앞에 와서 임금 감하 선언을 취소하기까지는 결코 내려가지 않겠습니다.

결국, 일경에 의해 끌려 내려온 고무공장 노동자 강주룡은 계속 파업을 주도하며 단식투쟁, 옥중투쟁을 하며 버티다가 1932년 약조차 제대로 써보지 못한 채 생을 마감하고 말았다.

이른 새벽 통근차 고동 소리에

고무공장 큰아기 벤또밥 싼다

하루 종일 쭈그리고 신발 붙일 제

얼굴 예쁜 색시라야 감 잘 준다나

감독 앞에 해죽해죽 아양이 밑천

고무공장 큰아기 세루치마는

감독나리 사다준 선물이라네

— 신민요, 〈고무공장 큰아기〉 중에서

아무튼 갖가지 애환을 담은 고무신은 삽시간에 양반 상민을 가리지 않는 평등함으로 전국을 평정하였다. 겉으로는 계급이 없는 것 같이 보였지만, 꼭 그런 것만은 아니었다.

그 당시 공장에서 생산되는 고무신은 흰색과 검은색이었다. 흑고무신은 원료로 수입한 폐고무를 그대로 사용했고, 여기에 흰 표백제를 첨가한 것이 고급 흰 고무신이었다.

순종 황제가 신은 고무신도 흰 고무신이었다. 그 때문에 양반 출신들과 신흥 부유층들은 가격이 비싼 흰 고무신을 신었다. 반면 평민 출신들은 부유한 사람은 흰 고무신을 신었고, 그렇지 않은 사람은 흑 고무신을 신었다. 이러한 인식은 80년대까지 이어졌다.

보통 가정에서 어른들은 흰 고무신 하나와 흑 고무신 하나, 두 켤레의 고무신을 가지고 있었다. 흰 고무신은 출타용 신발이고 흑

고무신은 농사 작업용이었다.

할부지가 읍내로 출타를 하시면 하얀 모시 두루마기에 하얀 중절모를 쓰시고 꼭 하얀 고무신을 신고 나가셨다. 할무니는 흰 고무신을 깨끗하게 닦아 댓돌 중앙에 반듯하게 올려놓으셨다.

우리 가족들은 죽담에 죽 늘어서서 할부지께 잘 다녀오시라고 인사를 올렸는데, 문제는 덤벙대고 내려오다 댓돌에 놓인 흰 고무신을 자칫 실수로 밟았다가는 큰일이 벌어졌다. '버르장머리 없는 놈'이라고 빗자루 몽둥이찜질을 당해야 했다.

60~70년대에는 고무신 공장이 전부 부산에 있었다. '태화 말표 고무신, 기차표 고무신, 왕자표 고무신, 범표 고무신, 진짜 타이야표 고무신' 등 종류 수도 많았다. 한마디로 '고무신 전성시대'로 국가 재건의 견인차 역할을 도맡았다.

전국에서 수많은 여성 공원들이 부산으로 집결했다. 그러나 고무신 공장은 여전히 근무환경이 열악했고 위험한 인화성 물질로 가득했다.

"못 살겠다, 갈아보자."와 "구관이 명관이다."로 시끄러웠던 이승만정권 말기인 1960년 봄, 부산 국제고무에서 작업 도중 대화재가 발생하였다. 딱성냥 하나로 시작된 화마에 노동자 68명이 사망하는 대참사였다. 한동안 고무신을 신고 다니기가 무안한 시절이었다.

열여덟 꽃봉오리 열아홉 꽃봉오리

눈물의 부산 처녀 고무공장 큰애기야

하루에 사백 환의 고달픈 품삯으로

행복하겐 못 살아도 부모봉양 극진트니

한 많은 네 청춘이 불꽃 속에 지단 말이냐

— 남인수 노래, 〈한 많은 내 청춘〉(1960) 중에서

고무신도 장점만 있는 것이 아니었다. 일단은 고무 재질이다 보니 땀이 차고, 충격 흡수를 못 했다. 그래서 운동회 때, 활동량이 많은 아이들은 뛰다가 땀으로 잘 벗겨지기 때문에 고무신을 손에 들고 뛰기도 했다.

추위에 약한 것도 큰 흠이었다. 양말을 두 개씩 신고 다녀도 발가락이 떨어져 나가는 고통을 감수해야 했다. 밑창이 얇은 것도 큰 단점이었다. 뻑하면 못이나 가시가 뚫고 들어왔다. 그리고 무엇보다도 밑창이 금방 닳아져 잘 떨어졌다.

그렇다고 한 군데 정도 닳아서는 절대 새 신을 사 주지 않았다. 그것은 읍내 장에 가면 고무신과 고무대야 터진 데를 집어주고 붙여주는 '땜장이'가 항상 있었기 때문이었다. 땜을 두 번 정도 거치고, 옆이 터지면 두 군데 정도 꿰매다가 엿장수 수레로 사라졌다.

그때도 고무신은 고급 선물이라서 선거철에는 공짜 고무신이 두 켤레씩 생기기도 했다. 아이들 고무신은 보통 설이나 추석 때 딱 한

번을 교체해 주었다.

어릴 때는 새 고무신의 냄새가 너무 좋아 끌어안고 자기도 했다.
새 신을 신기 위해서는 할 일이 많았다. 어머니는 자꾸 키가 큰다고
맨날 10cm 큰 것을 사 와서 신발 앞꿈치에 종이를 쑤셔 넣어 발을
맞추었다. 또 새 신일수록 발뒤꿈치가 까지기 때문에 초를 칠하기도
했다.

그리고 제일 중요한 일로 부엌에 부젓가락을 벌겋게 달구어 신
발 앞 등에 내 이름자 ㅈ 자를 새겨 넣었다. 뭐든지 부족한 시절이라
새 신발은 보초를 세워 놓아도 냇가에 먹을 감고 나오면, 귀신이 곡
하듯 금방 없어졌고, 학교에서도 자주 사라지기 때문이었다.

70년대 4-1반, 63명이나 되는 반 친구들 대부분이 겨울 빼고는
맨발에 고무신을 신었다. 그중에 서너 명만 '베신'이라는 운동화를
신었는데, 이 아이들은 여름에도 양말을 신고 다녀 이상하다고 놀림
을 받기도 했다.

우리는 혹 고무신을 그냥 '고무신', '깜장 고무신'이라고 했다.
뭘 묻히더라도, 뒤집고 비틀어도 물에 슬슬 씻으면 다시 본래의 모
습을 찾는 복원력이 좋아 참 좋은 놀잇감이었다.

흙 놀이를 할 때는 두 짝을 조립하면 불도저가 되었고, 물놀이를
할 때는 도랑에 띄워 배도 만들고 올챙이를 담아두는 어항도 되었
다. 그리고 고무신을 빙빙 돌려 벌을 잡기도 했다. 귀에다 갖다 대고
전화기 놀이를 하면서 "여보시오." 하면 소리도 제법 잘 들렸다.

1920년 할부지, 할무니와 같은 해에 태어난 조선 고무신은 이 땅의 가장 큰 고난의 시기를 오롯이 같이하며, 할부지·할무니, 아버지·어머니, 그리고 나까지 위로하다가 잇따라 등장하는 새 신에 밀려 20세기 말과 함께 사라져 갔다.

　　할부지 상여가 나가던 날, 앞서서 상두꾼 두 명이 어깨에 메고 가던 영여 안에서 할부지 오색 혼백이 하얀 고무신을 신고 황천을 건넜다.

나의 첫 자전차

자전거는 걷거나 뛰어서 움직이는 인간의 보행능력의 10배 거리를 비교적 힘을 덜 들이고 인력으로 움직일 수 있는 최고의 친환경적인 작품이었다.

18세기 후반부터 다양한 종류의 자전거가 등장했다. 오늘날의 구동장치 체인과 핸들과 바퀴를 갖춘 근대식 자전거는 영국의 '로버 자전거'가 시초였다. 존 스탈리가 1884년에 개발한 것으로 오늘날의 자전거 형태인 다이아몬드형 프레임에 체인형 후륜 구동 방식으로 비교적 안전해서 '세이프티 자전거'라고도 불렸다.

그 후, 1886년 영국의 던롭이 공기타이어를 발명해 승차감을 높여 자전거는 전 세계에 저렴하면서 탁월한 이동수단으로 번져 나갔다.

우리나라에서는 개항 이후, 1896년, 서재필 박사와 예조 사랑을 지냈던 고희성이 최초로 자전거를 탔었고, 1913년 '조선자전차경기대회'에서 엄복동이 우승하여 일제 치하 식민지의 울분을 풀어주었다.

당시에는 아이들이 길거리에서 최초의 조선 항공인 안창남과 자전차인 엄복동을 들먹이며 "쳐다보니 안창남, 굽어보니 엄복동"이란 동요를 불렀다고 한다.

70년대 새마을 운동이 한창이던 시절, 우리 동네에서 남자아이로 살기 위해서 꼭 통달해야 하는 두 가지가 있었다.

첫째는 헤엄이었다. 우리 동네 둘레는 냇가라고 하기에는 엄청 큰 하천이 흐르고 있었다. 그 아래에는 여름에 꼭 한두 명씩 빠져 죽는 이름도 무서운 흑소라는 깊은 소가 있었고, 바로 바다와 맞닿아 있어 수상 사고가 잦았다. 또 여름이면 물난리가 자주 나서 걷기보다 헤엄치는 것을 먼저 배워야 살아남을 수가 있었다.

그리고 꼭 숙달해야 하는 두 번째는 자전거였다. 우리 동네는 읍내와 제법 떨어진 외곽에 있었고, 학교도 멀어서 10살 전후가 되면 무조건 자전거를 필수로 배워야 했다. 그래야 읍내와 학교를 오갈 때 시간을 벌 수가 있는 각별한 사연이 있었다.

헤엄은 어떻게 배웠는지도 모르지만, 자전거를 배우는 과정은 발목의 흉터처럼 기억에 생생하게 살아남아 있다. 면사무소 주사를 하던 삼촌한테 싹싹 빌어, 자전거를 가르쳐 주면 한 달 동안 온갖 잔심부름을 다 해 준다고 손가락 걸고 맹세를 했다.

여름날 저녁, 이른 저녁밥을 먹고 넓은 공터가 있는 농협 창고

쪽으로 거들먹거리는 삼촌과 함께 그의 자전거를 끌고 나갔다. 설렘과 두려움이 온몸을 감쌌다.

처음 자전차 핸들을 잡고 가는데, 안장이 내 키 높이 가슴만큼 오는 이놈의 자전거가 자꾸 엉뚱한 방향으로 가서 참말로 애를 먹었다.

"그것도 제대로 못 끌고 가냐."며 삼촌의 잔소리가 짜증으로 변했다. 차가운 강철 자전거는 수십 번을 넘어지고, 길바닥 돌기둥에 무릎이 깨지고 팔꿈치가 멍들었다.

"나쁜 놈들, 자전거를 애초에 만들 때 세 바퀴로 만들지, 왜 두 바퀴만 만들어서 이리 고생을 시킬까.", "이놈의 안장은 왜 이리 높게 만들었나."

한 시간이나 넘게 씨름을 했을까. "운동 신경이 없니?", "너같이 둔한 놈은 처음이다."라는 모욕적인 잔소리를 꾹 참으면서도 안장에 올라타기만 하면 옆으로 넘어지며 도무지 중심을 잡을 수가 없었다.

지구상의 중력과 원심력 등 물리학적 법칙이 나를 배신하는 참담한 기분이 들었다. 귀찮아진 삼촌이 긴급작전으로 약간 언덕에서 살짝 밀어줄 테니, 먼저 핸들로 중심을 잡고 페달을 밟아 보란다.

죽기 아니면 까무러친다는 심정으로, 절대 브레이크를 잡지 않겠다는 각오로 언덕에 올랐다. 삼촌이 엉거주춤 앉은 나를 힘껏 밀었다. 어찌어찌 중심을 잘 잡았는지 자전거가 앞으로 나아갔다.

내 발로 페달을 밟는 순간, 드디어 내 힘으로 자전거가 중심을 유지하고 앞으로 나아갔다. '유레카'를 외치고 싶었다. 하늘을 난다면 이런 기분일 것 같았다. 물론 20m도 못 가서 돌부리에 넘어져 발목에 큰 상처를 입었지만 울지 않았다. 어찌 되었든, 이렇게 엉겁결에 평생 몸 기억으로 남은 자전거를 배우며 남자아이가 거쳐야 할, 두 번째 통과의례를 어렵사리 넘겼다.

그해 겨울, 내가 키우던 토끼를 전부 팔아 처음으로 내 소유의 자전거를 가졌다. 정말 나의 첫 자동차 르망을 소유하였을 때보다 몇 배의 설렘과 계획으로 잠을 설쳤다.

70년대에 자전거란 지금의 자동차보다도 훨씬 귀한 것이었기에 '자전거'라는 명칭보다 '자전차'라고 했다. 비록 오래된 중고였지만 따르릉 소리도 잘 나고, 브레이크도 잘 듣고, 무엇보다도 자전거 도둑이 많아 항상 도난에도 신경을 써야 했는데, 자물통도 정상이었다.

핸들이 약간 녹슬고, 안장이 많이 해지고, 체인 통이 약간 찌그러졌지만, 손을 약간 보면 될 것 같았다. 며칠 동안 느슨한 곳을 드라이버와 스패너로 조이고, 녹을 닦아내었다.

페인트칠을 하고, 기름칠을 하고, 칫솔로 닦아내니, 반짝반짝한 것이 제법 모양이 났다. 페달을 밟으니 구리스를 잔뜩 먹은 타이어 베어링이 자르르르 하며 고맙다고 인사를 하는 듯했다.

나의 첫 자전차 시운전을 했다. 목표지점은 버드내 고개 너머 바다까지 십 리가 넘는 길이었다. 페달을 밟고 아무도 없는 들판을 달리며 괜스레 따르릉을 울려보았다. 바람을 가르며 앞으로 나아가는 자전거 사이로 지나가는 풍경은 걸어 다니면서 보는 그런 경치가 아니라, 영화 무숙자의 튜니티가 말을 타고 서부를 질주하는 장면과 같이 모든 풍광이 나를 중심으로 양옆으로 지나가는 것 같았다.

자전거 바퀴가 돌아가면서 내는 베어링 소리는 사천극장 영사기가 돌아가는 것 같은 착각이 들었다. 내 소유의 이 중고 자전차가 말 잘 듣고 영리한 튜니티의 말같이 중 3 때까지 항상 함께하며 내게 환상과 자유를 주었다.

그 이후로 나는 삼천포 외가를 갈 때도 왕복 30킬로를 자전거로 항상 다녔다. 자전거는 단순한 이동수단뿐만 아니라 장거리 탑승 수단으로도 한몫을 단단히 했다.

학교에 갈 때는 짐대에 동생을 한 명 태우고, 앞에 중심 프레임에 또 한 명을 태워 세 명이 타고 다니기도 했다. 특별한 손님도 있었다. 일 년에 한 번 정도, 서울서 내려온 여자 사촌이었다.

올 때마다 나에게 바다 구경시켜 달라고 졸랐다. 그리고 한 번도 맡아본 적 없는 달콤한 서울 향내를 풍기며 자전거 짐대에 옆으로 단정히 앉았다.

비포장 들길은 웅덩이가 많아 자전거가 요동을 쳐서 뒤에 탄 사람은 앞사람 허리를 둘러야 했다. 동갑 사촌이 내 허리를 팔로 감싸 두르자, 어머니를 태우고 다닐 때와는 완전 다른 촉감이 등짝에 느

꺼지는데 싫지는 않았다.

　나는 부끄러워서 어쩔 줄을 모르며 둥둥 뛰는 심장 소리가 들킬까 봐, 페달을 더 내리밟았다. 그리고 남자 사람의 자랑거리인 내리막길에서 핸들에서 양손을 놓는 묘기를 보여주기도 했다.

　흔히 농촌에서 장거리의 논밭에서 수확한 농작물을 옮긴다든지, 팔 물건을 싣고 시장으로 이동을 할 때면, 자전거의 안장에 리어카의 손잡이를 매달아 우마차의 역할까지도 담당했다.

　원래 '쌀집 자전차, 짐 자전차'라 하여 프레임을 덧대고 짐대를 확장한 큰 자전거도 있었지만, 리어카를 매다는 것이 훨씬 효율성이 뛰어났다. 부피가 큰 짐을 실을 때면 자전거 튜브를 잘라 만든 고무밴드로 짐을 리어카에 야무지게 묶고 브레이크를 잘 조정해야 했다.

　오르막이나 내리막을 만나면 이따금 자전거에서 내려 손발로 속도 조절과 구동을 해야 하는 고단수의 어려운 수송방법이었지만 곧잘 밥값은 했다.

　이 자전거·리어카의 운송방식은 평지에는 속도와 탄력으로 쉬운 일이나, 언덕이나 내리막에서는 잘못하면 큰 사고로 이어지는 위험이 있어 중학생이 되어서야 하는 꽤나 실력을 요하는 힘든 작업이었다.

　자전거의 용도가 꼭, 이동과 운송에 국한된 것은 아니었다. 그 당시 자전거의 타이어에는 야간 운전을 할 때 사용하는 헤드라이트용 소형발전기가 달려 있었다.

작은 전구용 발전기였지만 속도를 내면 제법 앞을 훤하게 비추어, 가로등이 없던 그 시절에는 매우 유용한 과학장치였다. 재작스러운 우리들은 그 소형발전기를 연결할 전기선과 들통과 뜰채를 들고 냇가로 달려갔다.

물가에 자전거를 세우고 힘 좋은 친구가 자전거를 젓고 나머지는 전기선 두 줄을 작대기에 연결해서 큰 돌 밑을 지졌다. 맨살의 우리 다리에도 약한 전기가 찌릿찌릿 정신이 바짝 들게 하더니, 이내 피라미, 기름쟁이, 은어가 기절해서 떠올랐다. 우리는 모두 그걸로 매운탕을 끓일 생각에 흥분하기도 하였다.

그 시절에는 도로 사정이 좋지 않아 비포장 흙탕길이 무척 많았다. 그래서 아침에 일어나서 제일 먼저 자전거 타이어 바람이 괜찮나 체크를 하는 게 일상이었다. 그리고 웬만한 고장은 집에서 수리하였다. 그래서 집마다 바람을 넣는 바람 뽐뿌 커뮤니케이션이 하나씩 다 있었고, 펑크 정도는 집에서 수리하게끔 튜브조각과 오공본드, 끌, 가위 등을 다 갖추고 있었다.

그리고 길을 가다가도 자주 벗겨지는 체인을 수리하기 위해, 아예 책가방 안에는 스패너, 펜치, 드라이버, 예비체인 등의 공구 정도는 가지고 다녔다. 그런데 이것들 때문에 학생주임이 책가방을 뒤질 때 불량학생으로 찍혀 교무실에 끌려다니며 곤욕을 치르기도 했었다.

그렇게 나와 애마는 함께 거의 10년을 넘게, 비나 눈을 맞으면서, 때로는 폭풍 속을 뚫기도 하고, 점점 커가는 나의 몸을 말없이 받아주며, 온갖 풍상을 같이 겪으며 애지중지 보냈다.

도시로 고등학교를 진학하면서 공부에 부대껴 주위 사물들이 나에게서 점점 멀어져 갔다. 그리고 나의 공간은 큰 도시로 확장되고 기차와 버스를 더 자주 타게 되었다.

그리고 문학과 철학이라는 것을 공부하면서 녹슨 자전거가 내게 물음을 던졌다. "두 발로 계속 저어야 넘어지지 않고 앞으로 나아가는 것이 자전거일까, 인생일까." 나는 낡은 자전거와 그렇게 대화를 주고받으며 20대를 넘겼다.

그렇게 군대에 갈 때까지 동생들이 함부로 타고 다녔는데, 휴가 때 집에 오니, 대문간에 비를 피해 맨날 세워져 있던 그 자리에 오래된 내 자전거가 사라지고 없었다.

"응 그 고물, 타이어가 다 낡아서 못 쓰게 돼서 고물장수가 왔길래 엿 바까 묵었다…"

연탄 시대

70년대 시골의 젊은 청년들은 너도나도 꿈을 찾아, 일자리를 찾아, 서울로 향했다. 서울은 가난에서 벗어날 수 있는 신기루 같은 곳이었다.

남자들은 어딘지도 모르는 구로공단으로 가기 위해 연줄을 동원했고, 서울행이 허락되지 않는 시골 처녀들은 부모님 몰래 야간도주까지 감행하며 식모살이를 하더라도 서울서 해야 출세한다는 희망으로 모두 꿈의 도시 서울로 향했다.

이에 서울은 상경한 사람들로 인해 인구 과포화를 맞으며 심각한 주택난에 시달렸고, 산 정상으로 계속해서 달동네를 형성해 갔다. 버스에서 내려 한참을 걸어서 올라가는 달동네는 시멘트와 슬레이트로 대충 얼기설기 지은 집들이 다닥다닥 붙어 있었다. 달동네의 집들은 한여름에는 무더위로 괴로웠고, 한겨울의 강추위 혹한도 큰 고통이었다.

거기다가 당시 중동의 오일쇼크 파동으로 국가적으로 에너지의 확보가 심각한 수준에 달했다. 그러나 그 문제를 한 방에 해결한 것이 있었으니 바로 연탄의 탄생이었다.

19개의 작은 구멍에 무게 3kg, 지름 5.8cm, 높이 15.2cm의 원통형 까만 연탄 하나는 시골에서 장작 한 지게 더미의 역할을 하는 위대한 발명품이었다.

연탄 두 장이면 방 하나를 온종일 절절 끓게 해주니, 끼니때마다 장작불로 음식과 난방을 해결해야 했던 서울댁들에게 연탄의 등장은 당시로는 엄청난 문화 충격이었다.

가스중독으로 일가족을 사망에 이르게 하는 치명적인 약점이 있어도 죽음과 맞바꿀 만한 실용성이 마력으로 다가왔다. 작고 아담하고 규격화된 크기라 공간 활용과 관리가 편리하고, 무엇보다 잘 꺼지지 않고, 네 개의 부채꼴 공기구멍과 아래 탄과 19개의 연탄구멍만 잘 조절하면 하루 두 장으로도 일정한 열량을 유지할 수 있어 경제적이고 편리했다.

그리고 무엇보다도 국민학교 3학년 아들이 엄마가 야근하는 날 밤에 엄마가 가르쳐준 순서대로만 하면 편리하게 연탄을 갈 수 있는 안전성은 최고의 매력이었다.

연탄불의 등장은 부엌의 풍속도와 우리의 일상을 완전하게 바꾸어 놓았다. 초기에 불을 붙이기 힘들어 이웃끼리 불 동냥을 다녀서 그렇지, 불만 일단 붙으면 강력한 화력에 그을음이 없는 덕분에, 단

칸방 부엌에 하얀 타일로 위생 장식을 할 수 있었다.

부지깽이 대신에 연탄집게라는 새로운 도구가 등장했고, 연탄재라는 새로운 물건이 탄생했고, 보일러라는 신 난방의 시대가 열렸다. 그리고 보통 3~5명의 도시형 핵가족의 등장으로 가마솥이 물러나고 드디어 연탄형 냄비밥이 탄생했다. 무엇보다도 연탄에 딱 맞는 지름 18cm의 노란 양은 냄비에 딱 맞춘 라면의 등장은 연탄 혁명의 위대한 업적이었다.

지속적이고 일정한 열기의 혜택으로 연탄형 양은 곰솥이 탄생했고, 아침에 가족들의 온수를 담당하는 연탄형 큰 양은 스텐 들통도 이때 등장했다. 오차 물을 데우는 세 되짜리 큰 노란 주전자도 생기고, 연탄 치수의 둥근 석쇠도 등장했다.

학교 앞 골목에 설탕과 베이킹소다를 섞어 연탄불에 가열하여 달고나를 팔던 노점도 이때 생겼고, 극장에서 '겨울 여자'를 보면서 질겅거리던 쥐포와 오징어구이도 연탄의 산물이었다.

그리고 가게마다 31공탄을 때는 대형 연탄난로가 생겼고, 다방의 뜨거운 오차는 으레 공짜로 제공되어 팍팍한 도시 살림에 서민들의 숨통이 되어 주었다.

난방에도 혁명을 가져왔다. 보일러라는 새로운 연탄형 난방형태가 등장했다. 연탄 화로 주위에 황동으로 만든 원통 관을 덮혀, 방바닥에 깐 관을 통해 온수를 공급하는 형태였다. 상고시대부터 고수해온 온돌이 아닌, 끓는 물통의 온수로 방을 데우는 산업 혁명급의 신기술이었다.

그러나 해마다 겪는 연탄 파동은 한겨울 서민들을 괴롭히는 가장 큰 이슈였다. 겨울이면 연탄공장은 철야 작업을 하면서 연탄을 생산했지만, 부족한 연탄 공급량이 제일 큰 문제였기에 연탄을 확보하는 일은 여간해서 쉽지 않았다.

결국, 업자에게 웃돈을 주거나 아니면 사재기를 하는 수밖에 없었다. 게다가 집이 달동네 높은 곳에 있으면 배달업체들이 꺼려서 가족들끼리 일일이 이고 지고 날라야 하는 이중의 고통을 겪었다. 어찌 되었든, 창고에 가득 쌓인 연탄은 그 집안의 경제적 수준의 척도이고 아버지의 자존심이었다.

그 당시 시골에서 상경한 젊은 처녀·총각들은 비슷한 처지의 그네들끼리 짝을 이루어 방 하나 부엌 하나의 달동네 단칸방에서 신혼살림을 시작하였다. 아들딸 둘을 낳고 아버지는 구로공단에 다니고 어머니는 가리봉동 반지하 와이셔츠 공장에서 재봉일을 하며 그렇게 열심히 살았다.

아버지의 봉급날 16일은 온 가족이 기다리는 날이었다. 노란 봉투에 월급을 받아 안주머니에 꼭 넣은 아버지의 기분 좋은 얼굴을 보는 날이었다. 아버지는 한 손에는 두꺼비 한 병과 쌀 한 되와 돼지고기 한 근을 썰어 누런 돌가루 종이에 싸안고, 다른 한 손에는 새끼줄을 구멍에 끼운 연탄 두 장을 들고 개선장군같이 큰소리를 치며 귀가를 하셨다.

어머니는 연탄불에 올린 양은 냄비에 찰진 쌀밥을 끄집어내고, 비계가 많이 달린 돼지고기에 양파를 잔뜩 썰어 넣고, 갖은 양념을 급히 하여 초록색 불이 올라오는 연탄불 위에 석쇠로 고기를 구웠다. 우리 집에 유일하게 한 달에 한 번 고기 냄새를 풍기는 날이었다.

7평짜리 방의 빨강 화장대 위로는 흑백 할부지 할무니 사진, 부모님 결혼사진이 걸려있고 그 옆에 아이들의 컬러 돌사진이 걸려있었다. 훈기가 확 도는 아랫목에 아버지가 앉으시고, 학이 그려진 은빛 스텐 접이 선학 밥상에는 하얀 쌀밥과 김치, 동치미, 시금치나물, 시골서 가져온 구운 김이 오르고, 마지막으로 미치도록 맛있는 연탄구이 양념 돼지고기가 올랐다.

어머니는 동네 공부방에서 아들이 받아쓰기 만점을 받았다고 자랑을 하고, 아버지는 서울말을 완벽하게 쓰는 아이들을 쳐다보며 흐뭇한 소주잔을 기울이시며 연탄 시대를 만끽했다.

리어카 100년

리어카는 1920년대에 일본에서 건너온 신문물이었다. 처음 우리나라에 유입될 당시에는 편리함과 노동력의 극대화로 '운송의 혁명'으로 불리며 주목을 받았다.

리어카라는 말은 rear(뒤)+car(차)의 일본식 신조어로 초기에는 자전거나 오토바이에 달고 다니도록 만들어 '뒤에 끌고 다니는 차'라는 뜻으로 쓰였다.

리어카의 기본구조는 차체와 견인부로 나눌 수 있다. 견인부는 철관을 D 자형으로 차체 길이만큼 휘어, 그 속에 사람이 한 사람 들어가 팔과 몸통의 힘으로 견인을 하는데, 견인부에 꼭 사람이 안 들어가도 자전거에 달 수도 있었고 질매에 묶어 소가 끌고 갈 수도 있었다.

차체는 철골 몸체를 수레 형태로 만들어 바닥에 나무판을 깔고 고무바퀴를 끼워서 쓰는 구조로 짐이나 사람을 운송하게끔 되어 있었다. 농사는 져다 나르는 것이 반 이상인데, 우리나라는 산악이 발달 되고 도로가 좁아 과거에는 무엇이든 지게를 사용했다.

그나마 좁은 길이라도 있으면 소나 말이 끄는 수레를 사용하는 것이 다였다. 그러나 리어카가 전래되면서부터 혼자서 인력으로 지게의 5배도 나를 수 있고, 수레의 절반도 거뜬하게 운반할 수 있어 농사일의 일대 혁신을 가져왔다. 또 싣는 짐의 종류에 따라 나무판으로 사각틀을 만들어 흙, 모래, 거름도 실을 수 있었고, 이삿짐, 쟁기, 써레 같은 농기구, 나락섬, 짚동, 채소, 잡곡, 가축, 사람 등 뭐든지 운송이 가능했다.

리어카의 바퀴는 어른 두 손 한 움큼의 크기로, 안에 튜브를 삽입하여 공기를 주입하는 식이었다. 이 공기타이어는 무거운 짐을 실어도 잘 견뎌내고, 비포장길에도 덜컹거림이 없어 주행성이 좋았다.

무게중심은 바퀴의 둘레에 붙은 수십 개의 살대가 잡아주는 형태로 무척 튼튼했다. 한 번씩 무리하게 짐을 실어 타이어가 빵구가 나기도 했다. 타이어는 홈이 깊이 파인 방식으로 노면과의 접지력이 좋아 산이든, 모래밭이든, 비탈밭이든, 펄 논이든, 냇가이든, 개펄이든 가리지 않고 약간의 힘만 주면 어디든지 진입할 수 있었다.

리어카는 공인증은 없지만 나름대로 운전을 잘하기 위해서는 약간의 운전 경력과 상식이 필요했다. 그리고 리어카를 앞에서 끌 때와 뒤에서 밀고 갈 때, 그 느낌을 잘 알아야 했고, 무거운 짐을 리어카의 어느 지점에 싣느냐도 알아야 했다. 그리고 코너링에 따라서 무게중심의 쏠림 현상이 생기므로 원심력에 대한 느낌도 알아야 했다.

특히 리어카는 제동장치가 없기 때문에 오르막이나 내리막을 갈 때, 리어카 차체의 거치대를 땅바닥에 마찰시켜 속도 조절을 잘 해야 하는 노련함을 배워야 리어카를 몰 수 있는 자격이 주어졌다.

리어카도 엄연한 운송수단이기에 항상 사고가 따랐다. 이따금 오일장에 나간 남정네들이 술을 마시고 끌고 오다가 언덕 아래로 거꾸로 처박힐 때도 있었다. 오직 사람의 힘만으로 움직이다 보니 주로 이와 같은 내리막 전복 사고가 잦았고, 바퀴에 손발이 끼이는 사고도 잦았다.

모두 중상을 입는 사고라, 반상회 때마다 "에 다음은 니아까 사고에 대한 문제입니다."라고 토의사항에 단골 주의사항이 되기도 했다. 그리고 차량과의 추돌사고로 크게 다치는 사람들도 있었고, 거꾸로 리어카로 사람을 치는 경우도 허다했다. 그래서 각 집안에서는 나름대로 10살은 지나야 리어카 핸들을 맡겼다.

리어카의 핸들을 잡자마자 어른들에게 오르막 내리막 운전 요령, 차량을 피하는 법, 짐을 싣는 요령, 사고가 났을 때 핸들에서 손을 떼고 급하게 엎드려 안 다치는 행동요령에 대해서 나름대로 교육을 받기도 했다. 그런데 위험한 것 대부분은 재미가 있었고, 하지 말라면 더 하고 싶은 것이 세상사 사람의 충동이었다. 어른들이 끌고 가는 리어카에 올라타면 그렇게 재미가 있었다.

저학년 때는 리어카 바닥에 앉거나 누워서 갔다. 사람 보폭으로 가는 리어카에 누워 하늘을 쳐다보면 구름이 나를 따라오듯이 느껴지고 톡톡 튀는 등어리의 느낌이 그렇게 좋았다.

고학년 때는 친구가 모는 리어카 타이어 위의 철근 몸체 위에 말 타듯이 앉거나 옆으로 앉아 여자 친구들 앞에서 제법 숫기 있게 보인다고 서부 사나이 흉내를 내며 만용을 부리기도 했다.

70년대는 새마을 운동의 영향으로 농어촌의 각 가정에 필수적으로 길이 2m, 폭 1.5m의 작은 리어카가 한 대씩은 꼭 있었다. 모양도 큰 것, 작은 것 여러 가지가 생겼다. 그 리어카로 지붕도 개량하고 마을 길을 넓히고, 농로를 반듯하게 만들고 객토 사업을 했다.

또 퇴비 증산 운동이 벌어졌고, 리어카로 풀을 베어오고 그 풀로 거름을 만들어 다시 리어카로 논에 거름을 내었다. 읍내 장이 열리면 옛날에는 지게에 팔 물건을 지고 갔지만, 이제는 지게 5배의 양을 리어카에 싣고 장터로 갔다.

당시의 농업, 어업, 상업, 공업, 특히 군부대에서조차 현장에서 리어카는 효과적인 운송 필수 수단으로 최고의 자리를 차지했다. 이렇게 농어촌에서뿐만 아니라 산업 각 현장에서 리어카의 역할은 대단해서, 4H 경진대회나 풀베기 경연대회, 증산왕 선발대회, 수출 증진대회에 대상 상품으로 까만 리어카가 나오기도 했다.

그래서 가정형편을 세세하게 조사하는 학교 '가정환경조사' 에서 담임이 "니아까 있는 집 손 들러봐라." 할 정도로 리어카는 농어촌에서 재산목록에 오르는 중요한 운송기구가 되었다.

이렇게 무동력 차량으로 신분 상승을 한 리어카도 거름을 낸 뒤나, 논일, 밭일을 한 후에 나름대로 세차라는 것을 했다. 하판을 깨끗하게 씻고 세워서 건조를 하면 끝이었다.

이때 바퀴 베어링에 구리스를 잔뜩 바르고 헛바퀴를 돌려 바퀴밸런스를 맞추기도 하고, 바퀴 홈에 박힌 돌이나 가시, 못 등을 뽑아내기도 했다. 읍내에 가면 리어카 수리점이 있지만 웬만한 것은 집에서 다 고쳤다.

차가 귀했던 시절에 리어카에 담요를 깔고 이불을 덮으면, 훌륭한 응급수레 역할도 톡톡히 했다. 아기가 거꾸로 들어선 급박한 산모나, 다친 사람들은 어김없이 리어카에 태워서 읍내 병원으로 옮겼고, 병원에서 퇴원하는 사람들도 리어카를 타고 집으로 돌아왔다.

리어카는 쓰는 용도에 따라 이 땅에 들어온 지 100년 동안 우리의 바쁜 산업 패턴에 따라 참 다양하게 변신을 했다. 리어카는 동력이 인력이다 보니 리어카의 몸체에 어떤 것을 설치하느냐에 따라 어떤 업종으로도 변환이 자유로웠다.

놀이기구인 목마를 달면 말 리어카로 변신하고, 주황색 포장을 두르고 간단한 술이나 밥을 팔면 포장마차로 변신했다. 품목에 따라 채소 리어카, 과일 리어카, 두부 리어카, 엿장수 리어카, 솜사탕 리어카, 번데기 리어카, 커피 리어카, 생선 리어카, 뽑기 리어카, 악세사리 리어카, 가죽 혁대 리어카, 목도리 장갑 리어카 등이 있었다.

그 시대에는 '가요 톱10'을 능가하는 '길보드 차트'라는 것이 있었다. 가수가 정식 앨범을 발매하면, 한 달이 되기 전에 똑같이 베낀 해적판 카세트 테이프가 리어카에 등장을 했다. 그리고 시장이나 사람들이 붐비는 사거리에 그 노래를 크게 틀어 B급 테이프를 판매하는데, 물론 정식 음반 판매량에는 안 들어가지만 이번 달 가수왕이 누굴지는 거기서 정해졌다.

겨울에는 리어카가 더 늘어났다. 군고구마 리어카, 붕어빵 리어카, 오뎅 떡볶이 리어카, 호떡 리어카, 연탄 리어카가 그것이었다.

치열한 삶과 맞부딪치고 깨지다가 마지막으로 선택하는 리어카 장사는 기름값 안 들고, 그저 나만 열심히 움직이면 가족들 입에 풀칠은 하게 하는 고마운 존재였다.

점포에서 파는 물건보다는 저렴하고 푸짐하고 친절해야 손님이 붙는 장사였다. 천 원짜리 한 장을 쥐기 위해 배알이 꼬여도 바보 같은 웃음을 만들며 리어카 장수는 아양을 떨었다. 그렇게 박카스 하나를 사서 틀어넣고 코피를 흘리며 새끼들 얼굴을 떠올리며 고단한 리어카를 끌었다. 그리고 복지시대인 오늘날에도 노부부는 5천 원을 벌기 위해 폐지 리어카를 끌고 다닌다.

고물 리어카를 끌고 온 노부부가
차에 실린 파지를 보며 들으라는 듯이 중얼거리는 말,

이만큼이면 막걸리는 사 먹는다
이 나이에 파지라도 줍는 게 다행이지

늙어가는 몸과 마른 파지는 가볍고
삶은 물에 푹 젖은 파지처럼 무겁다.

— 초설 김종필 시, 〈파지〉 중에서

100년 전에 리어카는 한때 도구 인간 '호모 파베르'의 상징이 되어 농어촌 1차 산업을 이끌어 온 원동력으로 '운송의 신혁명'이라고 찬사를 들었다. 그리고 100년 동안, 온갖 옛것들이 빠르게 현대적으로 탈바꿈해도 리어카는 큰 변화를 겪지 않았다. 다만 오늘날에는 동력 운송기구에 밀려 체면을 구겨 가난과 고난의 대명사로 전락되고 만 것 빼고는 말이다.

우리집 리어카는 일제 강점기 말기에 할무니가 길쌈을 해서 큰맘 먹고 구입을 한 것이라, 나보다도 훨씬 나이가 많았다. 이십 대 중반, 어머니와 나와 동생들은 얼마 되지 않는 시골 논밭을 다 팔아 빚 청산을 하고 도시로 이사를 나왔다.

그때도 포장마차라도 할 거라고 그 리어카를 꾸역꾸역 이삿짐 트럭에 싣고 고향을 떠났다. 합성동에서 어머니가 포장마차를 할 때, 그의 마지막 모습을 본 이후로 누구의 기억에도 남아 있지 않았고, 마지막 인사도 나누지 못한 채 행방이 실종되었다.

지금도 그 까만 리어카와 논길로 어린 우리를 태우고, 이대로 서울 구경 가자던 어머니의 젊은 모습이 떠오른다.

영서 산지 벽난로 고콜

    1988년 "다양한 가능성, 치밀한 연관성, 철저한 현장성"을 민속학 공부의 방침으로 세운 나는 마이마이 카세트 하나와 공테이프 5개와 두꺼운 크기의 국어사전 하나를 들고 '아라리'를 공부한다고 손심심과 몇 동료들과 강원도 정선으로 향했다.

    80년대에 강원도 정선을 찾아간다는 것은 고난의 길이었다. 버스는 꼬불꼬불 멀미가 나서 못 타고, 자가용은 운전이 겁이 나서 못 타고, 겨우 석탄산업의 호황으로 잘 닦인 열차만이 제일 만만했다.

    그래도 일행 중에 지프를 가진 사람이 있어 제법 호기롭게 지도 한 장을 들고 정선으로 향했다. 그동안 강원도라 해봐야 춘천, 원주, 강릉, 속초 같은 도시나 관광지가 전부였지 영서 내륙으로의 소리 여행은 처음이었다.

    제천에서 영월, 정선으로 들어서면서부터 일단 병풍처럼 둘러쳐 있는, 1000m가 넘는 태산준령 굽이치는 고봉들과 구불구불한 강의

자태에 놀랐다.

정선 초입의 이름도 무시무시한 비행기재에 들어서자, "정선은 올 때 기가 막혀 한 번 울고, 갈 때 가기 싫어 두 번 운다"라는 말이 실감 났다. '두메산골'이라는 생전 사용해 보지 않던 용어가 저절로 입에서 튀어나왔다.

두메는 18세기에 '둠뫼〉둠에'에서 변이되었다. '둠'은 '둥글다, 둘러싼다'라는 뜻으로 한계령 점봉산은 '둠봉산'에서 유래하였고, 한라산도 원래는 봉우리가 둥글다고 '두무악'이라고 했다.

한편 '둠'은 '듬, 뜸'으로 변이하여 '마을, 동아리'를 뜻하는 고어로 '두무실, 웃뜸, 아랫뜸' 같은 지명에 그 흔적이 남아있다. 그래서 두메는 '산으로 둘러싸인 마을'이란 뜻이고 산골과 합쳐진 두메산골은 겹뜻으로 '첩첩산중으로 둘러싸인 깊은 곳'이라는 의미가 있다.

엎친 데 덮친 격으로 강원도 내륙 산지의 겨울은 다른 지역에 비해 상상도 못 할 정도로 길고 혹독했다. 엄청난 눈과 시베리아 북풍은 영하 20도 이하까지 떨어지는 강한 한파로 마음마저 얼게 하는 위력을 가지고 있었다.

당시의 정선은 두 얼굴을 가지고 있었다. 탄광 사업소가 있는 정선 읍내와 사북 읍내, 고한 읍내, 신동 읍내는 사양길을 겪는 석탄산업이었지만 그래도 전국에서 몰려든 광부들의 교대근무로 인해 밤에도 식당과 유흥업소로 제법 사람 소리가 왁자한 도회 분위기였다.

하지만 읍내에서 20여 분만 벗어나면 전기도 들어오지 않는 오지가 수두룩했다. 심지어 강가에는 나룻배가 있었고 500원에 사공이 노를 저어 강을 건네주는 곳도 있었다.

산골에서 조금 산다는 집은 주황색 페인트를 칠한 양철 도단집이었고, 외따로 뚝 떨어져 있는 집들은 너와집에 물방아까지 있었다. 그 물방아로 곡식을 빻았고, 나무로 만든 독이 있었고 호롱불을 켜고 살았다. 문명기기인 큰 밧데리를 까만 고무줄로 묶고 있는 금성 라디오가 있었기 망정이지, 마치 타임머신을 타고 조선 시대로 돌아간 착각이 들 정도였다.

정선군 북면 아우라지, 강을 사이에 두고 처녀, 총각의 애틋한 사연이 깃든 두메산골로 눈에 들어오는 모든 풍경이 신선 절경이었다. 문명의 때를 덜 타서 그런지 온 동네 사람들이 다 아라리 10수 정도는 기본이었다. 그리고 실제로 떼를 몰고 서울까지 가 본 떼꾼들이 젊은 날의 기억 파편들을 쏟아내었다. 여기저기서 생전 들어보지 못한 가사와 특이한 곡조가 쏟아지는데 정신이 없었다.

마치 보물섬을 찾은 듯 아라리를 공부했다. 풍족하지는 않더라도 참 순수하고 좋은 사람들이었다. 전설 속의 히말라야 샹그릴라가 이 동네가 아닐까 착각이 들 정도였다.

노랑저고리 진분홍치마를 받고 싶어 받았나
우리 부모님 말 한마디에 울며 불며 받았네

오늘 갈라나 내일 갈라나 정수정말이 올라나
맨드라미 줄봉숭아는 왜 심어 놓았누

예부터 강원도 산지의 전통가옥은 많이 내리는 눈을 견디고, 칼바람에 살을 에는 추위를 막고, 집 안의 열기를 밖으로 빠지지 않게 하기 위해 ㅁ 자 구조로 되어 있었다. 안방 건넛방과 정지, 외양간, 도장이 다닥다닥 붙어 있는 구조였다.

80년대만 하더라도 영서 내륙은 화전민의 가옥형태인, 널빤지로 지붕을 인 너와집이 많았다. 지붕을 삿갓 모양으로 높게 올려 눈에 강한 너와나 굴피로 이어 눈의 무게를 견뎌내었다.

너와는 강원 산지의 자연에서 나는 황장목 소나무, 오래된 전나무, 참나무를 토막으로 잘라 도끼로 얇게 쪼개서 만든 널빤지 와瓦를 말한다. 한편 주변에 참나무가 많은 지역은 참나무 껍질인 굴피를 가지고 지붕을 이었는데, 이렇게 지은 집을 굴피집이라고 했다.

굴피는 가볍고 탄력성도 좋고 불에도 강해 지붕의 고급소재였다. 특히 단열과 방수가 잘되어 겨울 폭설이 잦은 산지에 딱 알맞은 지붕재였다. 그래서 굴피로 지은 집은 너와집으로 부르지 않고 '굴피집'이라고 따로 불렀다. 굴피집은 "기와 천년 굴피 만년"이라 하여 무가에서도 신들이 사는 집의 지붕재로 여길 정도로 최고로 쳤다.

순금으로 석가래 걸고

백금으로다 부연 달고

천년기와 만년굴피를

보기좋게도 이어놓고

자개로다가 마루를 깔고

경면주사로 벽을 바르니

- 경기도, 〈판수경문〉 중에서

너와집의 실내 구조는 온기를 보전하기 위해 바깥에 드러나는 것을 줄여 사방이 막힌 작은 성채 모양으로 지었다. 그래서 짧은 동선으로 서로 연결이 되게끔 대문을 열면 오른쪽에는 외양간, 정낭, 왼쪽에는 살림방과 정지까지 서로 붙어 있는 구조로 되어 있었다.

그리고 긴 겨울의 추위를 견뎌야 하는 두메산골의 특성상, 불을 무척 소중하게 생각했다. 그래서 마루와 정지의 중앙에 '화티' 또는 '화터, 화투'라고 하는 불씨 보관소를 두었다. 가로·세로·높이 1m로 사각 틀 모양으로 돌을 쌓고 흙을 발라 안에다 불씨를 넣어두었는데, 외양간과 집 안 전체의 난방기능을 맡기도 했다.

정지는 음식 준비와 구들에 불을 넣어 안방, 건넛방의 난방을 담당하는 중요한 곳이었다. 매일 아궁이에 불을 지피는 특성상 지붕 맨 위는 까치구멍이라는 환기 구멍을 내어 집 안의 연기가 밖으로 나가게 했다. 정지와 안방 사이의 벽은 큰 사각의 구멍을 뚫어 방 안과 정지를 밝히는 조명등을 넣어 두었는데, 이를 두둥불이라 했다.

이런 대비태세에도 불구하고 영서 산간의 겨울 웃풍은 매섭게 너와집 틈새로 구석구석 파고들었다. 너와집의 안방에는 이 웃풍에 대비한 최후의 보루, 벽난로 고콜이 있었다. 고콜은 방 안의 조명과 난방을 담당하는 시설로 마치 사람의 큰 코를 닮았다고 해서 '코클, 코쿨' 이라고도 불렀다. 고콜은 방의 모서리에 돌과 흙으로 사람 코 모양으로 돌출형으로 붙여 만든 벽난로로 어른 앉은키 높이에 코끝 이 약 30cm 튀어나와 그곳에 불을 피웠다.

주로 불기가 오래가는 송진 덩어리 관솔을 태웠고, 연기는 코를 타고 정지로 빠져 까치구멍으로 배출하게끔 했다. 고콜에 불을 붙이 면 방 안이 후끈할 정도로 화력도 좋고, 방 안이 훤할 정도로 명도도 좋아 주로 안방에 하나가 있었고, 웃어른들이 기거하는 사랑방에도 하나가 있었다.

안방은 가족들이 생활하는 주 거주공간이었다. 고콜불이 밝게 비추는 안방에서 할아버지와 아버지가 설피를 다듬고, 할머니와 어 머니가 콩에서 돌을 골라내고, 아이들이 엎드려서 숙제를 했다.

그래서 이 방에는 엄격한 규칙이 있었다. 아이들이 고콜 앞으로 접근을 할 때는 각별하게 조심을 하였고, 아이들이 부젓가락을 만졌 다가는 불호령이 떨어졌다.

고콜은 아이들이 절대 만지면 안 되는 금기였다. 집 전체가 전부 너와에다 목재이다 보니, 거기에다 고콜, 화티, 두둥불이 따뜻하기는 한데, 너무 위험한 불과의 불편한 동거여서 어쩔 수가 없었다. 그러나 조심만 잘 하면 그렇게 따뜻한 친구도 없었다.

두메산골의 밤은 산 그림자와 같이 금방 찾아왔다. 밥이라도 한 끼 먹고 가라고 붙잡는 어른의 손을 뿌리치지 못해 염치 불고하고 우리는 안방에 눌러앉았다. 송진 향이 진한 방은 참 따습고 밝았다. 두꺼운 목도리를 두른 산골 아낙이 밥상 두 상을 차려왔다.

우리는 손님이라고 고콜 가까이에서 네모진 상을 받았고, 할머니와 어머니와 아이들은 바깥쪽에서 둥근 도리상을 받았다.

"촌에는 간이 없싸요. 뭐이 마카 나물이래요.(산골이라 반찬이 없어요. 뭐 다 나물이에요.)"

숫기 없는 아낙이 다른 사람 이야기하듯 툭 던지고 입을 가리고 부끄러워했다. 곤드레밥과 김치찜에 말린 나물 반찬과 하얀 순두부가 들어왔다. 할아버지는 고콜을 뒤적거려 산골에서 귀한 바짝 언 황태를 구웠다. 거기다 됫병짜리 경월소주 한 잔씩도 권했다.

그날 바깥온도는 영하 23도였다.

지게와 나

　조선 시대에는 아들을 낳지 못하는 여인은 참 고달픈 삶을 살아야 했다. 그것은 칠거지악이라는 굴레를 씌울 만큼 그 사회적 압박이 심했다. 그러다 보니 아들을 바라는 기자 민속에 대한 풍속이 다양하였고, 그 간절함은 사회적으로 공인된 훔치기 풍습까지 낳았다.

　'신부가 신랑 집에 신행갈 때 신랑 집 마을에서 아들을 낳은 집 금줄을 몰래 훔쳐다가 가마 앞에 걸어 둔다.', '세성받이 집에서 방망이를 훔쳐 와서 차고 다닌다.', '아들 낳은 집 산모의 속옷을 훔쳐 입는다.', '아들을 많이 낳은 집의 부엌칼을 훔쳐다가 베개 밑에 놓고 잔다.' 등 다양한 기자를 위한 '훔치기 풍속'이 있다.

　이와 같은 기자 풍속의 지극한 정성은 꼭 신령이 응답한다는 간절한 믿음으로 아들을 바라는 애틋함이 숨겨져 있었다. 그토록 아들을 바란 이유는 한 가지였다. 쉼 없이 일을 해야 하는 농경 민족에게 남성은 곧 노동력과 결부되기 때문이었다.

사내아이로 태어나면 운명과도 같이 지게를 져야 했다. 지게는 y형 나무를 두 개 깎아 어깨와 등에 짚으로 만든 멜빵을 걸쳐 몸 전체에 힘이 고루 쏠리도록 만든 기구이다. '지다'라는 동사에 명사형 접미사인 '에'가 붙어 형성된 단어이다. 과거에는 '지개, 지기'로 불리다가 조선 후기에 '지게'로 정착되었다.

그 당시 우리 집 남자들은 각자의 지게가 있었다. 할부지 것, 아버지 것, 내 것이 크기와 모양도 다양하게 창고에 보관되어 있었다. 처음에 멋모르고 다른 친구들이 지게를 진 것을 보고 할부지께 만들어 달라고 떼를 써서 7살부터 작은 지게를 가지게 되었다. 그리고 그때는 몰랐다. 그것이 남자들에게 대물림되는 삶의 멍에라는 것을.

지게는 일인용 운송 수단으로 각자의 체형에 맞게 다양한 형태와 크기로 만들어 편리하게 사용하는데, 직립보행을 하는 인간의 체형에 맞게끔 설계되어 인간의 몸이 갈 수 있는 곳이면 어디든지, 좁은 길이나 경사진 비탈길 등에서도 쉽게 다닐 수 있는 장점이 있었다.

또 자기 몸의 몇 배나 되는 짐을 질 수 있는 공간 효율성과 힘의 분배 역학이 뛰어났다. 그래서 논밭에 거름을 나를 때, 풀을 베어 나를 때, 수확한 볏단이나 곡식을 나를 때 유용한 운송수단이었다. 특히 겨울에 산에서 땔감용 나무를 해서 내려올 때는 산악의 험한 지형을 지게 작대기 하나로 균형을 맞추며 내려올 수 있어 농경뿐만 아니라 생활 전반에 골고루 쓰이던 일인용 운송 도구였다.

지게는 반드시 지게 작대기와 바지게라는 짐틀이 세트로 뭉쳐 다녔다. 지게 작대기는 120cm 정도로 끝이 y 자로 되어 있어 길을 갈 때 무게 중심을 잡거나 잠시 휴식을 취할 때나 지게를 세울 때, 작대기를 세장에 걸어서 버티어 지게를 받치는 기능을 하는 중요한 도구였다.

한편, 거름이나 곡물 같은 작은 부스러기 짐을 운반할 때는 싸리로 촘촘하게 엮어 만든 바지게를 사용하기도 했는데, 지게에 얹어 벌어지도록 세우고 그 위에 짐을 얹는 도구였다.

지게라는 말은 이 세 가지를 함께 일컫는 말이기도 했다. 지게는 공학적으로 설계되어 힘을 골고루 분산하는 과학적인 도구였다. 지게는 옆에서 보면 y 자형이고 앞에서 보면 A 자형이다.

두 개의 y 자 나무를 깎아 가운데 박달나무 세장을 세 개 정도 걸고, 등이 닿는 부분에 짚으로 만든 등태를 대서 만드는 단순하고 다소 엉성한 형태이다. 그러나 건장한 남자의 경우 60kg을 짊어지고 30리를 넘게 갈 수 있는 괴력을 발휘했다.

이러한 이유로 현대사에서 지게는 아픈 사연이 많았다. 6.25 전쟁 중에 UN군의 보급을 맡아 운용되던 노무 사단을 우리는 지게 부대라고 했고, UN군은 'AFA'라고 했다.

한국전쟁을 치르는 UN군의 가장 큰 곤욕은 한반도의 험한 산지 지형이었다. 고지에까지 탄약과 식량을 보급해야 하는데 이를 차량으로 할 수가 없었다. 이에 고심하던 차에, 한국에만 있는 독특한 운반 도구인 지게를 발견하고, 이에 착안한 부대가 바로 지게 부대였다.

이들은 10대 소년에서 60대 노인까지 징집으로 이루어졌는데, 탁월한 운반 능력으로 매일 45kg의 짐을 지고 16km 이상을 왕복했다. 이들은 탄약이나 식량, 그뿐만 아니라 부상병과 전사자까지 지게로 운반하는 괴력을 발휘했다. 이에 UN군은 이 보급부대를 지게의 모양이 A같이 보인다고 해서 이 지게 부대를 'A 특공대, A Frame Army'로 불렀다.

바늘 같은 몸에다가 황소 같은 짐을 지고

앵두고개를 넘어가는구나

에헤흐으 나이나이나

어허 이제 가면 언제나 오실라냐

오마는 일짜나 일러 주소

어허으 나이나이나 어허 나이나이나이나

나는 가리 어허 님을 따려서 나는 간다

— 김제, 〈나이나 타령〉 중에서

북풍 찬 바람이 문풍지를 덜덜 떨며 방문을 두들기면, 한 살 더 먹어 11살이 된 우리는 너 나 할 것 없이 지게를 짊어지고 산으로 나무를 하러 갔다. 내복 두 벌에, 호빵 털모자에, 토끼털 귀마개에, 양말 두 개에, 장갑도 두 개를 끼었지만, 손이 얼어 오그라들고 이가 덜덜 떨리는 추위를 견디며 우리는 땔감을 찾아 산속에 올랐다.

겨울 산은 우리들의 놀이터였다. 빨리 나무 한 짐을 만들어 두고 우리는 토끼나 노루, 꿩을 잡기 위해 산속을 뛰어다녔고, 운이 좋으면 나무에 달린 채로 언 홍시가 된 돌감나무를 발견하고 단맛도 볼 수 있었다. 지게를 타고 놀다가 지게 작대기를 두들기며 '저 푸른 초원 위에'를 목이 터져라 부르기도 했다. 그렇게 점심으로 가져온 고구마를 먹고 볶은 콩 보리를 먹고 고드름을 따 먹을 때쯤이면 짧은 겨울 해를 뒤로하고 각자 나무 한 짐씩을 둘러매고 산에서 내려왔다.

지게에 어떻게 나뭇짐을 크게 짊어지느냐는 지게를 진 경력과 맞먹었고, 소년과 청년을 가름하는 척도였다. 할부지나 아버지는 청솔가지를 낫으로 쪄서 깔고 그 위에 솔갈비를 엮어 칡줄로 돌돌 동여 매 한 짐 가득 내 키보다 높은 솔가지 나뭇짐을 쉽게 만들었다. 그리고 집까지 무사히 운반을 하였다.

어린 우리는 아무리 해도 짊어지고 가다가 몇 번을 나뭇짐이 어그러져서 다시 엮어 짊어져야 했다. 지게에 나뭇짐을 동여매어 짊어진다는 것은 숙달된 경험과 기술이 없이는 쉬운 일이 아니었다.

우리는 그 기술을 부러워하면서 그래도 어른들 흉내는 다 내었다. 먼저 칡으로 몸줄을 깔고 그 위에 낫으로 친 솔가지를 엇대어 겉을 다지고, 그 속에 깔꾸리로 긁어모은 솔갈비와 솔방울, 삭정이를 넣고 다시 맨 위에 솔가지를 엮어 칡줄을 잡아당겨 동여매어 겨우 한 짐을 만들었다.

이놈을 지게에 얹는 것도 요령이 필요했다. 지게를 솔가지 나뭇짐 속에 박아 넣고, 발로 지게 목발을 받쳐서 무거운 지게를 겨우 세웠다. 이번에는 이놈을 잘 짊어져야 하는데, 쪼그리고 앉아 있다 한 번에 끙하고 일어서야 했다. 이때 지게 작대기를 이용해서 순간적으로 무게 중심을 잡아 앞으로 안 꼬꾸라지게 버텨야 지게꾼으로 등극할 수가 있었다.

우리는 동네 입구에서부터 나보다 훨씬 큰 나뭇짐을 짊어지고 개선장군같이 어깨에 힘을 한껏 주고 요란하게 지게 작대기로 대문을 밀고 집으로 들어섰다.

나뭇짐이 마당 한쪽에 가득 쌓이면 그 나무로 아버지는 소여물을 삶고, 어머니는 내가 해온 솔가지로 맛있는 저녁밥을 준비하시고, 큰방에 군불을 깊이 지폈다. 부엌 가득 구수한 솔방울 숯에 고등어 굽는 냄새가 퍼지면, 눈이 오려는지 굴뚝에서 내리깔린 연기가 마당에 자욱했다.

지게가 때로는 슬픈 사연을 짊어지기도 했다. 내가 태어나기 6년 전쯤 봄날, 막내 고모는 지금의 내 나이에 장질부사에 걸려 헛소리를 하고 피를 쏟았다. 할부지는 고모를 지게에 짊어지고 읍내 병원으로 달렸다. 사흘 뒤, 고모는 머리카락이 다 빠진 피골이 상접한 모습으로 죽고 말았다.

할무니는 기진하여 쓰러지고, 그날 오후에 거적에 둘둘 말은 시신을 할부지의 지게에 지고 가서 와룡산 중턱에 묻었다 한다. 할무니는 이따금 삐죽 나온 막내 발이 꿈에서 보인다고 눈물을 훔치셨다. 그러나 할부지는 끝내 고모의 무덤 위치를 할무니께 가르쳐 주지 않았다. 고모를 직접 묻은 할부지는 봄에 사탕을 들고 산에 올랐다. 그리고 내려올 때는 나뭇짐 맨 꼭대기에 진달래를 한 움큼 지고 내려오셨다.

할부지에 대한 잔상은 지금도 하나이다. 당신 몸보다 몇 배나 큰 소꼴 지게를 짊어지고 그것을 지탱하는 바짝 마른 가냘픈 다리로 집으로 느릿 걸어가는 모습이 전부였다.

할부지는 76년을 사시는 동안 농사일밖에 모르셨다. 아침 일찍 쟁기를 지게에 지고, 소를 앞장세워 들로 나가셨고, 해가 다 지면 역시 소는 맨몸으로 돌아오고 당신은 지게에 쟁기를 짊어지고 지친 귀가를 하셨다. 온종일 일을 한 소에 대한 배려와 고마움 때문이었다.

그리고 당신이 아무리 배가 고파도 소여물을 먼저 끓여주고 난 다음, 당신 진지를 드셨다. 할부지의 등은 그가 한 몸처럼 살아온 지게 무게가 짓눌러 지게 굽이처럼 휘었다. 그리고 얼마 뒤 할부지는 논에서 일을 하시다가 그렇게 운명 같은 당신 지게에 등을 기댄 채 자는 듯이 삶을 내려놓으셨다.

할부지의 객사 죽음으로 큰방에다 빈소를 못 차린 아부지는 지게에 맺힌 것이 많은지, 술만 잡수시면 지게에 대한 욕을 퍼부었다.

"저 지게가 천벌이다. 느그 할배는 저 지게가 잡아묵은 기라. 저 놈을 안 지려면 우짜든지 공부 열심히 해서 판검사가 돼야 하는 기라. 지지리 궁상들하고 못 배운 것들만 저 지게를 지고 산다. 알것나."

이 나무 저 나무 해가지고
우리 집 아궁이에 불을 지피세
지게 목발 뚜드려 가면서
이 사람들이 나무하러 가세

어떤 사람은 팔자 좋아

지게 안 짊어지고

넥타이만 차고 다니고

우리는 지게만 짊어지고

나무만 할쏘냐

요 나무가 간솔이냐

저 나무가 간솔이냐

요 나무 저 나무 무등 낭구

나와라 간솔 어서 나와라

우리 엄니 허리 절린덴다

활활 태워 고쳐보자

— 남원

나는 아버지 말씀대로 지게를 안 지려고 공부에 매달려서 도회
지 대학에 붙었고, 고만한 직장에 취직도 하고 서울말 쓰는 착한 여
자와 결혼도 했다. 그리고 아버지가 돌아가시고 삼 년 뒤에 할부지
와 아버지의 묘소 앞에서 그 지게들을 분해해서 불 질러 태워 버렸
다. 그리고 홀로 남은 어머니를 모시고 도회지로 탈출했다.

나는 15평 빌라에서 시작하여 어느덧 31평 아파트에, 중형차를 몰고 다니는 특별시의 소시민으로 살아간다, 그리고 지게를 쓸 일도 없었고 기억 속에서도 잊혀 갔다.

아내는 내년 초, 나의 은퇴가 겁이 나서 바리스타 교육을 받으러 다닌다. 31살 취준생 딸은 우울증에 걸려 방문 밖을 안 나오고, 호주 유학까지 갔다 온, 29살 아들은 마트 주차용역 아르바이트로 번 월급을 모아 듣지도 보지도 못한 코카서스로 여행을 떠난 지 몇 개월이 되었다.

나는 혼자 라면을 끓여먹고 가슴이 답답하여 아내가 큰맘 먹고 렌탈한 안마의자에 누워본다. 과연 나는 할부지와 아버지가 짊어졌던 평생의 고통인 지게의 저주에서 벗어난 것일까.

불타는 지게 꿈을 꾸다가 화들짝 놀라 잠에서 깨었다. 나의 등에는 할부지, 아버지의 그 지게보다 열 배나 무거운, 내가 들 수 없을 만큼의 나의 지게가 내 몸을 짓누르고 있었다. 그리고 진달래를 꽂은 소꼴을 잔뜩 진 할부지의 굽은 뒷모습이 보였다.

3부

쌍금쌍금
쌍가락지
호작질로
닦아내어

쌍금쌍금 쌍가락지 호작질로 닦아내어
먼데보니 달일레라 자에보니 처잘레라
그처자 자는방에 숨소리도 둘일레라
오랍오랍 오라바님 거짓말쌈을 하지마소
동남풍이 내리다부니 풍지떠는 소릴레라
죽고저라 죽고저라 자는듯이 죽고저라
이내몸이 죽거들랑 연대밑에 묻어두고
갈방비가 오거들랑 초식떼기를 덮어주소

향장과 아모레 아줌마

　　지구상에 존재하는 모든 동식물은 생물학적이든, 사회학적이든, 남성성과 여성성, 음과 양의 구분이 있고 그 젠더적인 특성을 따로 가지고 있었다. 그리고 우성과 열성을 가리는 치열한 생존본능 속에서 보다 멋지게, 보다 강하게, 보다 아름답게 보이기 위해 남녀 구별 없이 화장과 치장을 하며 진화해 왔다.

　　인류의 화장 역사는 네안데르탈인이 식물에서 채취한 색소를 조개껍데기에 담아두면서부터 시작되었다. 신과 같은 모습을 하기 위해서, 또는 신탁을 받기 위해서 종교적 용도의 화장을 했고, 신분을 과시하기 위한 권위적 용도의 화장을 하기도 했다. 또 적에게 두려움을 주기 위한 군사적 용도의 화장도 했고, 질병으로부터 얼굴을 보호하기 위한 예방적 용도의 화장도 했다. 오늘날과 같이 향기가 있고 색깔도 있고 영양이 있는 화장품으로, 얼굴의 장점을 살리고 단점을 보완하는, 색조를 가미한 미적 화장법은 불과 탄생한 지 3세기도 되지 않았다.

우리가 쓰는 화장化粧이라는 말은 구한말에 일본으로부터 유입된 말이다. 조선 시대만 하더라도 의외로 몸단장하는 기법이 상당한 수준이었다. 쌀뜨물, 팥물, 꿀, 꽃가루, 곡물가루같이 자연에서 얻는 화장품의 종류도 많았고, 또 신분에 따라 여인들의 화장법도 달랐다. 평민, 중인, 반가의 여인들은 되도록 화려하지 않은 피부 손질 정도의 정갈하고 담박한 연한 담장淡粧을 했다. 궁중의 여인들은 색채를 곁들이되 멋들어지게 전문 치장을 하는 농장濃粧을 했다.

그리고 기생들은 직업상 색채가 화려하고 요염한 색조 화장을 했는데, 이를 염장艶粧이라고 했다. 한편, 여성이 인생에서 가장 빛나야 할, 혼례식같이 의식을 위한 화장을 짙게 하는 것을 응장凝粧이라고 하였고, 그 화장, 의상 일체를 성장盛裝이라고 하였다.

그 밖의 얼굴만 가꾸는 행위를 미용美容이라 했고, 화장품은 지분, 분대, 장염이라 했다. 그리고 미용, 화장, 옷, 장식, 신발 치장 일체를 통틀어 단장端粧이라 하였다. 이 다양하고 세분된 단장의 역사가 오늘날 아시아 문화 트렌드를 대표하는 스타들을 만들었고, 그들이 쓰는, 우수한 품질과 세련되고 세밀한 감성의 화장품이 한류의 주역이 된 상황이 전혀 우연이 아님을 알 수 있다.

그렇다고 하더라도 화장은 밥이 해결되어야 누릴 수 있는 최고의 사치요, 호사였다. 일제 강점기의 엄혹한 시대에 태어난 60, 70년대 여성들은 매사에 "남자 형제들이 잘되어야 집안이 잘된다."라는 식의 세상에서 맨날 뒷전이었다.

그 세상은 아들만 공부시키고, 딸들은 거우 글이나 깨우치고 산수나 잘할 정도로만 가르쳤다. 그리고 아무리 울고불고 난리를 쳐도 끝내 중학교도 못 가고, 오빠나 동생 뒷바라지를 하느라 공장으로 가야 했다. 그렇게 밥그릇 하나 던다고 할무니는 열여덟에, 어머니는 스물에 얼굴 한 번 제대로 못 본 남자에게 시집을 왔다. 할무니의 남자는 사십 후반에 육 남매를 남겨두고 훌쩍 세상을 떠났고, 어머니의 남자는 결혼을 하자마자 다른 여자와 눈이 맞아 가정을 등한시하며 집 밖을 나돌았다. 그렇게 두 여자는 이 땅에 여자로 태어나서 겪는 차별과 설움을 당하며 첫닭 울어 일어나 먼동 터서 밥을 먹고, 아이들 학교 보내기가 무섭게 숙명같이 논밭을 갈고, 품앗이를 하고, 공장을 가면서, 묵묵히 가족의 삶을 지탱해 왔다.

쓸 모자도 변변하게 없던 시절이었다. 몸빼와 긴 팔 나이롱 셔츠에, 수건 한 장 달랑 뒤로 묶어 머리와 얼굴만 가리고, 토시와 거머리가 붙지 않게 여학생들이 구멍 났다고 버린 스타킹이 일종의 작업복의 전부였다. 그때는 자외선이나 선크림이 뭔지도 몰랐다. 그냥 뙤약볕에 던져져 온종일 논밭을 헤매고 다니다 보면 온몸은 새카맣게 그을려, 노출이 안 된 발 부위만 하얀 신발 무늬가 새겨졌다.

벽에 붙어서서

제 몸을 굽는 여자

밤마다 벽을 부수는

꿈을 꾸는 여자

땡볕 아래 서서

우주 한쪽을 색칠하고 있다

그녀의 뒷목을 굽고

남은 빛으로

아스팔트를 녹이는

태양

여자의 맨발이 길 위에 바닥 화석을 만든다

— 곽도경 시, 〈자화상〉 중에서

할무니도 여자였고, 어머니도 여자였다. 두 여자는 그렇게 자신을 돌볼 새가 없이 가난과 노동이라는 무거운 갈고리에 걸려, 화장품을 덥석 살 수도 없었고, 바를 수도 없었다.

어린 시절 우리 집에는 여성용 화장대라는 것이 굳이 필요가 없었다. 작은 손거울에 할무니는 동백기름에 락희화학에서 나온 동동구리무 '락희크림'이 화장품의 전부였고, 어머니도 영양크림과 바세린과 콜드크림이 유일했다. 그것도 아까워서 손톱만큼 찍어 썼다. 그런데 70년대 어느 날 이런 여성들의 고난을 불쌍하게 여긴 신께서 이 땅에 초록색 천사를 내려보내 주셨다.

그것도 할무니는 꿈도 못 꾸어 본 황홀한 세상이 어머니가 30대에 들어서 이루어졌다. 그녀들은 여성이 단순한 집안을 돌보는 가사노동에서 벗어나 생활전선에 뛰어든 억척 아줌마의 상징이요, 근대 세일즈 우먼의 개척자였다. 초록 유니폼에 큰 사각 초록색 가방을 손수레에 끌고 이 마을 저 마을을 다니며 영업을 하는 일종의 방물장사로 우리는 그녀들을 '아모레 아줌마'라고 불렀다.

아모레 아줌마는 주로 농사일이 한가한 농한기나 비가 와서 일을 공치는 날을 귀신처럼 알고 나타났다. 동네 초입에서 이 아줌마의 초록색 손수레가 등장하면 발 빠른 소문으로 아모레 아줌마의 반가운 출현이 수군수군 퍼졌다.

좀 사는 포실한 집 안방에 터를 잡으면, 그 집 남정네는 하릴없이 쫓겨나가고, 화장품을 살 만한, 능력자 아지매들이 삽시간에 모여들었다. 화장품을 사는 것도 목적이지만, 무엇보다도 꼭 필요한 작은 크림 하나 사고, 여러 샘플을 얻는 재미와 그 핑계로 공짜 서비스인 '마사지'를 받기 위해서였다.

이 아모레 아줌마의 최고의 가치는 꼭 지금 돈이 있어야 화장품을 사는 것이 아니라는 데 있었다. 그녀들은 항상 방문하는 지역별로 외상 장부가 있었다. 나중에 가을걷이 마치고 천천히 값을 지급해도 되고, 월부로 해도 된다는 이점이 있었다. 그리고 나중에 쌀이나 보리로 시세에 맞게 값을 치러 주어도 무방한 것이 최고의 매력이었다.

드디어 비밀의 초록색 사각 가방을 열면 천상에서 내려온 신제품의 요망스럽고 앙증맞은 자태가 드러나고, 방 안에는 마술같이 천상의 향내가 퍼졌다. 아지매들은 순간, 아름다움에 목마른 여자로 변신했다. 초록색 사원복 차림의 아모레 아줌마가 서울 말씨와 '마사지, 메이컵'과 같은 영어가 섞인 유창한 말솜씨로 제품 홍보를 늘어놓았다.

"이 신제품이 나온 지 한 달도 안 되었는데, 우여곡절 끝에 내 손에 들어왔어. 이 언니들은 진짜 행운인지 알어."

마치 가까운 동기에게 특별하게 소개하는 양 은밀하게 속삭이면, 촌 아지매들은 혹하여 덤벼들었다.

부잣집 마나님이나 받는다는 얼굴 마사지가 방을 내어준 주인집 아지매부터 순서대로 시작되었다. 날렵한 솜씨로 향기롭고 꿀같이 진득하고 부드러운 크림으로 얼굴 구석구석을 양손으로 문지르고, 닦아내고 또 바르고 토닥거렸다. 그리고 영양이 살 속으로 스며들길 30분 정도 기다리고 누워있으면, 태양에 혹독하게 시달린 피부에서 새 살이 돋아 순식간에 탤런트 김창숙이라도 된 듯이 황홀했다.

순서를 기다리는 사람들에게는 만지기도 부담스러운 '香粧향장'이라는 고급 잡지를 줬다. 향장은 그 당시로는 파격적인 컬러에 세로쓰기 위주의 종합 여성지의 원조였다. 예나 지금이나 당시 미스코리아나 최고의 미인들을 표지모델로 쓴 이 여성지는 주로 피부를 가꾸는 법, 색조 화장을 하는 법, 머리카락 손질법 같은 화장품 소개가 주류를 이루었고, 덤으로 큰 사이즈의 컬러 사진이 많이 들어간, 문학, 연예, 해외 소식 등, 여성들이 좋아하는 잡다한 세상 이야기를 소재로 다룬 종합 매거진이었다.

당시 신문이 남성 위주의 읽을거리였다면, 향장은 여성 시대의 시작을 이끄는 힘이었다. 아가씨나 아지매들은 이 향장에 나온 사진과 이야기로 수다를 떨다 보니, 그 달의 내용을 잘 모르면 촌뜨기 구닥다리 취급을 받기 때문에 유식한 척하기 위해 향장을 기를 쓰고 구해서 공부를 하기도 했다.

국민학교도 겨우 나와 한문이라고는 이름자 석 자 쓸 줄밖에 모르는 아지매들이, 부엌에서 부작대기로 바닥에 '향기 香, 꾸밀 粧'이라는 한자 연습도 했고, '머리카락은 헤어', '피부는 스킨', '화장은 메이컵', '치마는 스커어트', '머릿비누는 샴푸'라는 영어 단어도 외웠다. 그리고 새해가 되면 향장의 부록으로 딸려 나온 새 캘린더는 천사 같은 모델로 인해, 여성뿐만 아니라 남성들의 마음도 빼앗았다.

아무튼, 향장과 아모레 아줌마의 정보력과 친화력과 장악력의 사회적 기능은 오늘날 '아침마당'을 능가했다. 동네마다 집집마다 방문하다 보니, 모든 정보가 집결되었다. 정치, 사회, 경제, 연예, 뷰티의 모든 이야기가 그들의 입을 통해 전달되었다. 그렇게 서울 소식과 지역의 뜬소문에 훤하다 보니 속앓이를 하는 처녀 총각의 중매나 홀아비 과부의 중매를 서기도 하고, 부동산 중개, 계모임 중개,

정기예금 모집, 타 상품 홍보, 타 업체 홍보를 하기도 했다.

또 시댁 갈등문제, 남편 바람기 잡는 법, 임신 육아 상담, 아이들 교육 문제 등, 할 말을 다 못 하고 살았던 여성들의 이야기를 들어주고 챙기는 카운슬러 역할을 하기도 했다. 세상 물정과 유통에도 밝아 미군 부대에서 흘러나온 제품이나 일본에서 들어온 일제 물건을 구해 주기도 하고 심지어는 외제 약제, 영양 식품, 외제 화장품을 몰래 취급하기도 했다. 그렇게 정을 나누며 십수 년을 넘게 같이 차를 마시고 밥을 같이 비벼 먹고 하다 보니, 샘플과 농사지은 고추, 오이, 감자, 고구마를 수시로 맞바꾸는 사이가 되었다. 그리고 동네 아지매들의 개인적 취향과 누구누구의 피부 상태에 맞는 물건을 속속들이 잘 알았고, 그에 맞는 화장품을 권해주다 보니 항상 틀림이 없었다. 고객의 화장품이 떨어질 때를 매구같이 알았고, 아들 딸내미 결혼식이라도 있으면 특별하게 시간을 내서 마사지와 메이크업을 해주기도 해서 이웃사촌이나 다름이 없었다.

세일즈맨은 인생의 바닥에 머물러 있지 않아

볼트와 너트를 짜 맞추지도 않고

법칙을 제시하거나 치료 약을 주는 것도 아니야

세일즈맨은 반짝이는 구두를 신고

하늘에서 내려와 미소 짓는 사람이야

사람들이 그 미소에 답하지 않으면 그게 끝이지

모자가 더러워지고 그걸로 끝장이 나는 거야

이 사람을 비난할 자는 아무도 없어

세일즈맨은 꿈꾸는 사람이거든

그게 필요한 조건이야

— 아서 밀러 희곡, 〈세일즈맨의 죽음〉 중에서

일을 마친 아모레 아줌마가 일어서다 다리에 쥐가 났다. 너무 오래 꿇고 앉아 일한 탓이었다. 내가 비석거리 어귀까지 손수레를 끌어다 주었다.

"아가 우리 혜주하고 한 반이제, 우리 혜주 괴롭히는 놈 있으믄, 니가 혼 좀 내 주라."

그리고 학용품 사 쓰라며 거북선이 그려진 오백 원짜리를 손에 쥐여주었다. 그녀의 삶도 내 할무니, 내 어머니같이 겉으로는 강인하고 씩씩한 척했지만, 정작 향기로 단장된 적이 없어 뭉클할 만큼 고약했다. 결코, 한 번도 자기를 위해 살아보지 못한 결핍과 고통의 얼굴을 화장으로 감추고, 남의 얼굴에 희망과 행복을 발라주며 꿈을 팔았다. 그녀가 향기롭지 않은 자신의 무거운 삶을 사각 초록 통에 담고, 혜주처럼 쥐가 난 다리를 절며 삐걱거리는 수레를 끌고 동네 모퉁이를 돌았다.

조개탄 난로

우리가 다녔던 70년대 학교는 왜 그리 추웠었던지. 빵모자에 토끼털 귀마개, 털목도리에 양말 두 켤레, 벙어리장갑, 내복 두 벌을 입어도 술술 들어오는 살을 에는 찬 기운은 막을 수가 없었다.

그래도 교실에서 코를 물고 잔기침을 뱉으며, 몽땅연필을 들고 침을 묻혀가며 공부를 했다. 곱하기 나누기와 무슨 뜻인지도 모르는 근면, 자조, 협동을 열심히 배울 수 있었던 것은, 교실 한가운데 떡하니 버티고 있는 조개탄 난로 덕분이었다.

6.25 때 포탄 맞은 탱크를 녹여 만들었는지, 무쇠로 투박하게 만든 이 난로는 키가 우리 허리쯤 왔다. 아이들 둘이서 팔을 두를 만한 원통형의 3단 구조에, 덩치 큰 친구들이 네 명은 붙어야 옮길 수 있는 무게였다.

꼭 만화에 나오는 강철 로봇을 닮았는데, 제일 아래 몸통에는 재를 끄집어내는 하단 출구가 있고, 두 번째 몸통에는 불 조절을 하는 통주둥이가 툭 불거져 달려 있었다. 주전자를 올려놓는 상단에는 석탄이 들어가는 접시만 한 화구가 달려 있었다. 그 옆에 양철 연통을 달아, ㄱ 자로 꺾어 창밖으로 빼는 구조로 되어 있었다. 이 난로의 주 연료는 조개탄이었다. 당시 호황 산업이었던 강원도 석탄을 캐서, 그것을 큰 조개 같은 모양으로 찍어 만든 탄이라고 조개탄이라고 불렀다.

이것을 연소시켜 화력을 발생하는 것으로, 첫 점화가 힘들어서 그렇지, 일단 불이 붙으면 학급생 63명의 얼굴이 뜨거울 정도로 센 열기를 자랑했다. 그만큼 위험해서 난로 곁에는 사각 안전 철망을 치고, 주로 착하고 얌전한 친구들을 사방으로 포진을 시켰다. 연소통에는 양철로 만든 붉은 '불조심' 팻말이 붙어 있고, 방화사, 방화수 통도 위엄 있게 빨간색을 뽐내고 있었다.

학교에서는 그것도 불안했는지 불조심 주간을 선포하고, 칠판 양옆에는 세로로 쓰인 '자나 깨나 불조심', '꺼진 불도 다시 보자' 표어를 붙였다. 뒤쪽 학급 소식 판에도 미술 시간에 그린 불자동차 그림이 도배를 하고 있었고 우리 왼쪽 가슴에도 '불조심' 리본을 달았다.

하기야 낡은 건물에 골마루, 책상, 걸상이 전부 목조이다 보니, 만에 하나 불상사를 대비해서 백번 조심하는 게 나쁠 일이 없었다. 거기다가 겨울이라 밖에서 놀지 못하는 남자애들이 쉬는 시간이나 점심시간에 총싸움을 워낙 별나게 흉내 내는 통에 항상 불안했다.

보름 전, 20원짜리 단체관람으로 '증언'이라는 전쟁영화를 보고 난 뒤, 국방군과 북괴군으로 나누어 영화 흉내를 내는 거였다. 학생 주임은 맨날 지도봉을 들고 순찰을 돌며 조개탄 난로 주위를 감시했다.

이 난로의 관리는 두 달에 한 번꼴로 다가오는 남녀 2인 주번이 맡아 하였다. 그 초록색 바탕에 노란 글씨의 주번 명찰만 달면 권력이 대단했다. 주번은 당일 날 남들보다 30분 일찍 등교하여 칠판 닦개를 털고, 식당에서 펄펄 끓는 보리차를 주전자에 받아놓아야 했다. 그리고 창고에서 소사 아저씨한테 장작 몇 조각과 양동이에 조개탄을 받아와야 하는 큰 임무가 부여되었다.

창고 안에는 교육청에서 배달 온 새까맣다 못해 빛이 빤짝거리는 어른 주먹만 한 조개탄이 산더미같이 쌓여 있었다. 소사 아저씨는 입이 넓적한 재건삽으로 4교시를 마치고 가는 저학년은 두 삽을 주었고, 6교시까지 하는 고학년은 한 삽을 더 얹어 주었다.

그리고 무엇보다도 겨울철 주번의 최고의 책임은 1교시 전부터 6교시까지 난로의 열기 보전을 책임지는 것이었다. 아침 일찍부터 함부로 접근할 수 없는 담임 책상에서 성냥을 가져와 난로에 불을 피우기 시작했다. 그리고 오후 6교시가 끝날 때까지 불구멍 조절을 잘 하여 불을 꺼트리면 안 되었다.

마치 며느리 불씨 시집살이 같은 법칙이 있어 은근히 신경이 쓰이는 일이었다. 주번 명찰의 무게는 무거웠다. 방과 이후에도 남아

서 난로 주위를 치우고, 방화사, 방화수의 물과 모래를 채웠다. 그리고 불씨를 죽이고 재를 치우고, 연통을 손보고, 철사를 조인 다음, 담임선생님께 검사를 맡은 후에야 집으로 돌아갈 수 있었다.

그러나 주번의 가장 큰 장점은 꽁꽁 얼어붙은 양은 도시락을 난로 제일 아래에 깔 수 있는 특권이었다. 난로 위에는 항상 부끄럼 많은 여학생을 제외한 도시락 30여 개가 층층이 쌓여 있었다.

난로 면과 가까운 아래쪽은 따뜻한 밥뿐만 아니라 누룽지에 김치찌개까지 먹을 수 있었다. 그래서 어떤 아이들은 자기 차례 주번이 돌아올 때까지 은근히 학수고대하기도 했다.

사실 조개탄 난로의 화력은 점심시간 때가 최고였다. 그 이후는 잔불과 무쇠에 남은 잔열로 오후까지 견디는 것이나 다름없었다. 그만큼 배급되는 조개탄의 양이 턱없이 부족해 말이 조개탄 난로이지, 오후에는 거의 아이들이 주워온 나뭇가지로 불을 지펴 장작 난로가 되었다. 그래도 따뜻하다는 것 하나로 우리는 모두 행복했다. 그때 겨울, 우리 교실에는 오소리를 잡는 듯한 연기 냄새와 조개탄 매캐한 가스 냄새가 있었다. 또 도시락에 눌어붙은 밥 타는 냄새와 그 밥 옆에 담아놓은 신김치 익는 냄새로 마냥 점심시간을 기다리는 배고픈 학급 풍경이 있었다.

"도시락 싸 들고 다니며 말린다.", "도시락을 까서 먹는다."라는 말과 같이 도시락은 밥을 담는 그릇을 의미하는 말이었다. 집 밖에서 잠시 끼니를 해결하기 위한 '휴대하고 다니는 간단한 식사를 담은 용기' 라는 의미가 정확했다.

옛날에는 도시락통을 전국적으로는 '밥고리, 밥동고리, 버들고리짝' 이라고 불렀고, 제주에서는 '동고량', 경상도에서는 '초배기' 라고 불렀다. 모두 버들이나 대오리로 동글거나 사각으로 납작하게 엮은 작고 가벼운 고리짝 상자를 말한다.

그 외 함경도에서는 밥을 담는 용기가 뚝배기라고 '밥두구래기, 퍽개' 라고도 했다. 일제 강점기를 거치면서 '벤또' 라는 일본말을 주로 쓰다가, 일제 청산의 신호탄으로 '도시락' 이란 순우리말이 등장했다.

도시락은 '도슬+악' 의 조형이다. '도슬' 은 중세에는 '당슭〉도슭〉도실기' 로 불리다가 접미사 '-악' 이 붙어서 '도스락〉도시락' 으로 변이되었다. '도슬' 은 '길(道)' 의 중세어로 '돌아다니는 정해진 땅' 이라는 의미를 지니고 있었다. '도슬〉도실〉딜〉질〉길' 의 변천을 거쳤다. 한자어 도道에 그 흔적이 뚜렷하고, 심마니들은 은어로 도로道路를 지금도 '도실' 이라고 한다.

'슭' 은 어떤 장소를 가리키는 개념으로 경계에서 두 곳이 만나는 '가邊, 가생이, 가장자리' 를 뜻하는 말이다. '강기슭, 산기슭' 등에 이 말이 살아있다. '악, 억' 은 주로 '작다, 왜소하다' 라는 뜻으로 작은 물건의 낱개를 의미한다. '뜨락, 조각, 터럭, 주먹, 손가락, 발가락' 등 주로 작은 것을 뜻할 때 쓰인다.

결국, 도시락은 '길을 가다 먹는 음식을 담은 작은 그릇' 이라는 뜻으로 한자어인 행찬行饌, 행주반行廚飯에 그 뜻이 더 명확하게 새겨져 있다.

점심시간 종이 울리면 우리는 각자 싸 온 도시락을 찾으러 조개탄 난로 곁으로 모여들었다. 겹겹이 쌓여 있고, 생긴 모양이 거의 비슷한 양은 도시락인데 귀신같이 자기 것을 찾았다. 저학년 동생들은 도시락을 까먹는 고학년 교실을 부러운 듯 창밖에서 쳐다보기도 했다.

내 도시락은 일제 강점기에 큰아버지가 썼음 직한, 나보다 나이가 오래되고 크기가 교과서만 한, 누런 사각 양은 도시락이었다. 구석구석 누런 껍질이 다 벗겨지고 밥 담는 쪽으로 부스럼같이 작은 구멍이 몇 개 나 있었지만, 그냥 들고 다니는 데는 큰 지장이 없었다.

사각 틀에 밥과 반찬통을 같이 넣어 다녔는데, 8부는 잡곡밥을 넣었고 2부는 반찬통이 들어가는 구조였다. 거기에 가로질러 젓가락을 넣어 보자기로 꽁꽁 묶어 다녔다. 5학년 때부터는 반찬통이 분리된 도시락을 쓰기도 했다.

여학생들 도시락도 별반 차이는 없었지만, 아버지가 읍사무소 공무원 하는 집 딸이나 연탄공장 집 아이, 아버지가 군인인 읍내 아이들은 역시 달랐다. 미키마우스나 도널드가 그려진 타원형의 세련된 은빛 양은 도시락을 들고 다녀서 부러움을 사기도 했다.

이 양은 도시락의 가장 큰 약점은 어머니가 아무리 야무지게 국물이 새어 나오지 않도록 반찬 통 단속을 해도 삐직삐직 새어 나오는 김치 국물이었다.

어떨 때는 미술숙제에 김치 국물이 추상화를 그려 다 망치기도 했다. 책가방 속부터 교과서 구석구석, 도시락 보까지 김치 냄새로 곤욕을 치렀다. 그때는 국물이 안 새는 반찬통을 발명하는 사람에게 상이라도 주고 싶은 심정이었다. 그렇다고 김치를 안 싸 올 수도 없었다. 그 당시는 모든 도시락 반찬의 중심이 김치였고, 노란 단무지, 깻잎장아찌, 마늘장아찌, 콩자반, 명태조림, 오뎅 무침, 오징어채 무침 등이 즐겨 먹는 차림이었다.

한 번씩 쥐포 무침, 멸치볶음, 오징어 껍질 무침, 파래 무침, 감자볶음 등이 계절에 맞게 담기는데 혹 제사라도 지내면 지짐이, 서대구이, 낭태구이가 오르기도 했다.

읍내에 사는 아이 몇몇만 분홍 진주햄 소시지나 계란후라이를 싸 오는데, 친구들의 짓궂은 젓가락질 몇 번에 순식간에 사라져, 여학생들은 아예 도시락 뚜껑을 세워서 반찬을 가리고 먹기도 했다.

한편 얌전하게 먹는 여자애들의 고급 반찬을 뺏어 먹다가, 눈을 흘기고 우는 사태까지 벌어지기도 해서 표적 선정에 신중해야 했다. 꼭 반찬이 좋아야 도시락 뚜껑을 세우는 것은 아니었다. 가난이 줄줄 흐르는 단발머리 숫보기 여학생들도 꽁보리밥과 보잘것없이 초라한 반찬이 부끄러워 뚜껑으로 가려서 감추며 밥을 먹기도 했다.

우리는 도시락 반찬의 무료함을 달래기 위해 서로의 반찬을 각

출해서 고추장이나 라면 스프를 투하해서 흔들어서 비벼 먹기도 하였다. 또 조개탄 난로 위에 올려 볶음밥을 만들어 먹기도 했다.

조개탄 난로는 고만고만한 우리 친구들을 그 열기만큼이나 형제자매보다 더 가깝게 만들었다. 우리는 도시락을 다 까먹고 그 빈 통에 난로 위에 엄청 큰 주전자에 따뜻하게 데워진 보리차를 마셨다. 보리가 둥둥 떠다니는 구수한 보리차를 가득 부어 후후 불어가며 숭늉 삼아 마시면서 조개탄 난로에 감사했다.

그도 그럴 것이 아이들에게는 그 조개탄 난로 곁이 이 세상에서 집보다도 더 따뜻한 곳이었기 때문이었다. 12월 찬 바람에 너나없이 엉성한 촌집들은 아무리 불을 지펴도 웃풍이 세서 다음 봄까지는 고뿔을 달고 다니고 항상 콧물을 흘리고 다녔다. 그래서 추위를 이기는 일이라면 뭐든지 해야 했기에 5·6학년 정도만 되어도 월남에서 들어온 화투 크기의 종이 성냥 정도는 부모님 몰래 가지고 다녔다.

그리고 익숙한 조개탄 난로의 경험을 살려 외진 곳에 어른들 몰래 불을 피웠다. 그도 저도 안 되면, 뛰는 수밖에 없었다. 추위에 익숙한 우리는 뜀박질을 하면 몸에 열이 난다는 것을 잘 알았기에, 휑한 논길을 가로질러 집으로 뛰어다녔다. 숨이 턱에 차오르고 머리끝까지 뜨거운 열이 올라왔다. 어깨에 울러멘 책가방에서 도시락 빈 통 속의 젓가락이 굿 무당 자바라 치듯이 심하게 짤랑거렸다.

샘터와 리더스 다이제스트

1970년대의 시골에서는 교과서나 전과 외의 책을 구경하고 또 읽기가 무척 힘들었다. 책 읽기와 글쓰기를 좋아했던 나는 새 책을 사서 본다는 것은 꿈도 못 꾸고, 날짜가 몇 년을 지나든 말든 상관없이 온 동네 친구, 형님, 누나 책들을 다 빌려서 섭렵하였다.

《소년중앙》,《어깨동무》,《새소년》은 물론이고 만화, 위인전, 역사서, 소설까지 책 보는 재미로 세상을 살았다. 그래서 10살 때부터 모파상, 막심 고리키, 톨스토이, 도스토옙스키의 장편 소설을 읽었다. 중학교 때는 아예 도서부에 들어갔다. 그 당시에는 내 마음대로 책을 읽을 수 있어 너무 행복했다. 참 가난과 책은 어울리지 않는 동행이었다. 그래서 나는 적어도 책 읽기만큼은 그 시절이 그립지 않다.

요즈음은 소셜 미디어를 통해 온갖 정보가 쏟아지고 읽을거리 볼거리 들을 거리로 머리가 아플 지경이지만, 80년대는 새로운 소식과 정보를 알기 위해서는 일간지와 월간지가 모두인 시절이다. 그나마 여유가 되는 사람들은 토큰 가판대나 지하철 가판대에서 신문이나 잡지를 사서 보지만, 사볼 형편이 안 되는 사람들은 지하철 선반 위에 남이 다 본 신문을 노리는 수밖에 없었다.

당시에는 신문을 다 보면 소식에 목마른 다른 이들이 보라고 잘 보이는 곳에 두고 내리는 것이 예의였다. 그도 저도 안 되면 도서관 신문 잡지실에서 논설부터 만화, 소설, 연예, 스포츠, 광고, 부고까지 꼼꼼하게 읽어 내리는 게 일상이었다.

우리에게는 두 가지의 잡지 부류가 있었다. '라면을 끓인 양은 냄비의 받침대가 되어도 괜찮다.' 아니면 '절대 안 된다.' 였다.

'받침대가 되어도 괜찮다.' 는 주로 간지로 나오는 《선데이서울》이나 《주간경향》 등이 그 부류였는데, 그것도 나름대로 분류기준이 있었다.

반드시 한 달은 지난 것이어야 하고, 잡지 중간에 삼단으로 곱게 접힌 수영복 입은 여성 연예인 브로마이드 사진이 들어 있으면 절대 안 되고, 찢겨 나간 상태이면 받침대가 되어도 괜찮았다.

반면 '절대 안 된다.' 는 주로 월간지로 나오는 심층 분석지 《신동아》, 《월간조선》 등이었다. 이런 책들은 한 달 동안 손에 들고 다니는 것만으로도 시사와 교양이 철철 넘치는 인텔리로 보이게 하는 묘한 기운이 있었다. 이따금 두께가 묵직해서 베개로 쓰이기도 했는데, 이상하게도 그것을 베고 자면 그 책의 시사 용량이 머릿속으로

다 들어오는 꿈을 꾸기도 해서 자취방의 여분 베개로 그만이었다.

그리고 '받침대가 되어도 괜찮다.'와 '절대 안 된다.'의 완충지대가 있었으니 바로 《샘터》와 《리더스 다이제스트》였다. 이름에서도 시사하듯이 두 월간지는 손바닥 두 개 크기인 B6 사이즈로 손에 들고 다니기에 만만한 사이즈에 150면 안팎의 페이지로 무게도 부담이 적었다.

사실 이 두 친구는 전시효과가 만점이었다. 선데이서울, 주간경향은 대놓고 들고 다니기가 쑥스러워 가방 속에 은밀하게 은폐를 하고 다니지만, 이 두 책은 대놓고 들고 다녀도 될 만큼 나의 체면을 세워주고 "나는 이런 사람입니다." 하는 홍보 효과도 있었다.

샘터는 문학적인 목마름을 채워주는 월간지였고 리더스 다이제스트는 국제적인 시사 감각과 글로벌 리더로의 자격을 갖추도록 훈련시키는 교본이었다.

일단 이 두 잡지는 성격이 달랐다. 샘터는 한국에서 발간하는 책이고 리더스 다이제스트는 미국에서 발간하는 잡지였다. 샘터가 샘물이 솟아 나오는 마을의 공동 식수대같이 여성적인 수다와 자질구레하지만 사람들의 마음을 뭉클하게 해주는 잡지라면, 리더스 다이제스트는 전쟁터로 아들을 내보내는 아버지같이 적국에 대한 무기와 해제된 극비 정보와 앞으로의 세계와 미래에 대한 비전을 제시해주는 남성적인 잡지였다.

샘터는 1970년 창간한 월간 교양지였다. 창간한 발행인은 의외

의 인물 김재순 전 국회의장이었다. 각 분야에 걸쳐 생활의 지혜를 주는 내용을 다양하고 간략하게 수록하여, 호주머니에 넣을 수 있을 정도로 작고 얇아야 하고, 담배 한 갑보다 싸야 한다는 창간 정신으로 당시 가격으로 100원이었다.

매월 법정 스님과 피천득의 주옥같은 에세이와 이해인 수녀, 강은교 시인, 정호승 시인, 정채봉 동화작가, 최인호 소설가 등을 만날 수 있는, 진짜 샘터같이 삶의 지혜와 행복을 전하는 월간지였다. 특히 최인호의 연재소설 「가족」은 "다음 편에는 어떻게 되나." 라는 궁금증으로 한 달을 목 빠지게 기다리게 했다.

샘터의 성공 요인은 의외로 간단했다. 첫째는 장르의 다양화에 있었다. B6 사이즈에 150페이지의 작은 크기지만, 내용은 체험기, 좌우명, 시, 소설, 동화, 수필, 콩트, 영화, 미술, 과학 등 실로 다양했다. 책머리에는 명사들의 '나의 좌우명'을 실었고, 콩트라는 새로운 장르를 개척하여 짧은 글이지만 감동과 희망을 주었다. 그리고 월간 잡지였지만 동화도 많이 싣고 어린이들이 그린 그림도 한 편씩 실어 가족지 같은 편안함을 되찾게 하였다.

둘째는 대중적 마케팅이었다. 80년대 당시에는 서점 외에는 월간지를 살 수가 없던 시절이었다. 그러나 샘터는 서점뿐만 아니라 거리의 가판대나, 지하철 가판에서도 쉽게 살 수 있도록 획기적인 판매 마케팅을 펼쳤다.

덕분에 국내이든 해외이든 관계없이 한국인이 사는 곳이면 어디든지 손쉽게 구할 수가 있었다. 그래서 고교생, 대학생, 근로자, 군인, 회사원, 청장년층 등 독자층이 다양했고 책 읽는 독서 풍조의 저변확대에 큰 영향을 끼쳤다.

셋째는 민족잡지로의 실현이었다. 샘터는 창간 때부터 한글 쓰기와 가로쓰기를 원칙으로 했다. 그리고 일반인들의 관심에서 멀어져 가는 '살아있는 우리말 찾기' 퀴즈를 매달 내어 엽서에 정답을 적어 응모하면 상품을 주기도 했다. 또 전통적인 우리의 시조를 부활하기 위해 독자를 대상으로 '시조 쓰기 운동'을 벌여 매월 독자들의 시조를 싣고, 새해 초에 국내 유일의 '샘터 시조상'을 수여하기도 했다.

리더스 다이제스트는 1922년 미국의 드윗 윌리스와 라일라 부부에 의해서 창간되었다. 역사, 문화, 건강, 시사, 정보 등을 다양하게 싣는 월간지로 세계인이 읽는 잡지로 성장하였다. 한국어판은 1978년부터 월간으로 발행하였다. 이 책의 영문판은 특이하게 영어독해 바람을 일으켜, 80년대에는 한 반에 절반 정도가 이 책으로 영어공부를 한다는 핑계로 영문판을 들고 다니며 촌놈들 기를 죽이기도 했다.

'재해 생존기' 같은 사고의 감동적인 실화나 전 세계의 관심거리 뉴스를 제공하기도 하고, '세계의 독재자' 같은 코너에서는 독재자들을 분석하여 신랄하게 비판하기도 했고 정치적으로 민감한 소련의 KGB 공작을 고발하기도 했다.

이따금 군대식 내용을 많이 다루어 남자들의 관심을 끌었는데 2차대전의 비화, 비밀 특수부대, 새롭게 개발된 신무기 등을 심도 있게 다루어 남성들 술자리의 안주가 되기도 했다.

특히 '병영은 즐거워'라는 코너가 고정으로 있어 인기가 좋았는데 미국 군대의 유머라 우리하고는 동떨어진, 웃지 못하는 군대 유머들이 많았다. 안타깝게도 이제는 주위에서 리더스 다이제스트는 사라졌고, 샘터도 주위에서 쉽게 찾을 수가 없다.

책 시대의 종말을 내가 볼 것이라고 상상을 하지 못했다. 나도 기계가 주는 편리함에 젖어 살지만, 그 한 자 한 자가 꼬물꼬물 박혀 있는 눅눅한 책 냄새를 잊지 못할 것이다.

이야기꾼, 노래꾼으로 사는 지금도 샘터의 마지막 페이지 문구는 나의 가슴을 뜨겁게 한다.

원고 마감 12월 20일까지

접수 방법 우편 / 서울 종로구 혜화동 62-1 샘터 편집부

원고 분량 200자 원고지 5~10장

원고가 채택되신 분께는 소정의 고료와 사은품을 드립니다.

우실과 바람

인류는 지구라는 행성에서 살아오면서 자연 활동과의 상충과 극복을 통해 성장해 왔다. 더욱 높게, 더욱 빠르게, 더욱 편리한 것을 추구하는 인류의 욕망에 따른 여러 인간활동은 결국 도를 넘어서서 자연의 질서를 파괴했다. 그 결과로 사막화와 극지의 온도 증가, 홍수와 가뭄, 폭염과 한파, 황사와 미세먼지, 지진과 화산활동, 세균과 바이러스, 태풍과 허리케인 같은 자연재해의 피해를 증가시켜 심각한 결과를 초래하고 있다.

갯가 마을은 시신이 없는 빈 무덤들이 많았다. 바다에서 삶을 마감한 남정네들의 무덤들이었다. 아낙들은 에둘러 "그 양반 깨 폴러 가서 아즉 안 오네." 하면서 고단한 심사를 달랬다.

노련한 뱃사람은 파도와 바람에 절대 맞서지 않았다. 자연을 정복하고, 이기려고 하고, 비트는 것이 얼마나 무모한 짓인지 잘 알기 때문이었다. 옛날 무동력선을 몰던 어부들은 강한 바람을 만나면 제일 먼저 돛을 내리고 노를 거두었다. 키를 사용할 수 없으면 키도 올렸다. 그리고 그대로 바람의 방향에 배를 맡기고 밀려갔다. 그리해야만 목숨을 보전하지, 바람과 파도에 맞서면 불귀의 객이 된다는 것을 잘 알기 때문이었다.

바람은 어부들의 삶 자체였다. 그래서 바닷가에 삶의 터전을 잡을 때도 겨울 시베리아 북풍을 막아주고, 여름과 가을 태풍을 막아주는 지형지물이 있는 그런 곳에 마을을 형성했다. 그런 지형이 없으면 방풍림이나 방풍 언덕을 인위적으로 만들어 그에 대한 대비를 해왔다.

필리핀 중부 보라카이Boracay는 4km가 넘는 하얀 백사장과 바다가 아름다워 방문객 수를 제한할 정도로 세계적인 휴양지이다. 그런데 보라카이 섬의 어원이 재미있다. 'Bora'는 바람이라는 뜻이고, 'cay'는 작은 섬이라는 뜻으로 '바람을 막아주는 섬'이라는 말이었다.

부산은 겨울에 눈 구경을 할 수 없는 따뜻한 지역이다. 그것은 겨울의 시베리아 북풍을 경남 밀양, 경북 청도, 울산 울주에 걸쳐있는 영남 알프스, 1000m가 넘는 산군들이 막아주기 때문이었다. 하지만 문제는 여름과 가을에 부산에 당도하는 5~6개의 태풍이었다. 사라호, 매미, 루사, 나비, 차바 등 끔찍한 상처를 남기고 간 태풍들은 어김없이 부산에 상륙했다.

그나마 부산의 남항과 북항의 선박들은 수호신이 있었으니 영도라는 부산 앞바다에 떠 있는 보라카이 섬이었다. 그래서 부산 사람들은 온몸으로 태풍의 위력을 약하게 만들어 버리는 영도와 그 꼭대기 봉래산(395m)을 특별히 신성하게 여겼다.

섬이 파랑과 태풍을 막아주는 곳은 여러 곳이 있다. 여수도 태풍 피항지로 유명하였다. 그도 그럴 것이 여수반도로 먼바다로부터 거리낌 없이 태풍이 불어닥쳐도 여수항 앞에 버티고 있는 돌산도가 파도와 바람을 막아주기 때문이었다. 여수 사람들은 그래서 돌산도와 금 거북이 전설이 있는 금오산을 참 고맙게 여겼다.

국토 최남단 전남 고흥반도에 있는 나로도항도 어선들이 피항하는 아늑한 어항이었다. 이 항도 앞에 버티고 있는 애도와 사양도가 천연방파제 역할을 하며 파도와 바람을 막아주어 태풍에 배를 숨기기 좋은 천연 양항이었다.

목포에도 서남풍을 막아줘 목포항의 방파제 역할을 하는 반달 닮은 섬 달리도가 있다. 이같이 섬이 태풍을 막아주는 곳도 있지만, 산이 바람을 막아주는 항도 있다. 통영항은 웬만한 태풍에도 사시사철 호수처럼 잔잔해서 어선들의 피항지로 유명하다. 여기에는 바람이 통영항을 치지 못하도록 막아주는 미륵산(461m)이 있기 때문이었다.

"대청도 처녀는 모래 서 말 먹고 시집간다."라는 말이 전해져 오는 서해의 대청도는 해안사구에서 불어오는 모래바람으로 유명한 곳이었다. 이 모래바람을 막아준 '서풍받이'라는 수직 절벽의 바위

산이 있었다.

바람이나 파도, 모래막이용 산이나 섬이 없는 경우에는 예부터 바닷가 사람들은 마을과 농경지를 바람으로부터 보호하기 위해 방풍림을 조성했다. 주로 바람이 불어오는 방향에 해송, 상수리나무, 후박나무, 삼나무, 편백, 참나무 등의 숲을 조성하여 바람의 세기를 약화했다.

바닷가 집들의 가옥구조도 대부분 바람을 막아주는 산비탈에 자리 잡고 있었다. 지붕을 날려버릴 정도로 강하게 부는 바람으로 인해 집을 낮게 짓고, 지붕 위에 굵은 밧줄로 가로 세로로 촘촘히 엮어 땅에 고정했다.

한편 집 안으로 들이치는 바람의 세력이 약해져서, 자연스럽게 흘러들도록 높은 돌담을 둘러치는 것이 일반적인 갯가 가옥의 기본 구조였다. 제주나 남해안, 서남해의 가옥을 둘러싼 돌담들은 구멍이 숭숭 뚫려있어 막는 용도라기보다는 힘을 분산시키기 위한 용도에 가깝다. 집 둘레에만 돌담을 친 것이 아니었다. 마을 전체에 돌담을 친 덕에 오랜 세월 태풍을 막아내며 섬사람들의 안전을 지켜온 곳도 있었다.

바로 서남해 다도해 섬마을의 명물 우실이었다. 우실은 '울+실'의 합성어이다. '울'은 경계를 지어 막는 울타리를 말하고, '실'은 마실의 준말로 마을을 의미한다. 즉 우실은 바람으로부터 마을과 농경지를 보호하기 위해 쌓은 돌담으로 '마을의 경계 울타리'를 말했다. 보통 마을로 들어가는 입구에 안팎의 경계로 어른 키의 두 배는 됨직한 우실이 좌우 양쪽으로 길게 성곽과 같이 세워졌다. 출입구는 성문같이 안이 보이지 않게 엇갈리는 구조로 되어 있었다.

마을 입구는 우실을 마주 보게끔 이중 구조로 쌓기도 하고 방풍 나무들을 심어 이중으로 보호하기도 했다. 그중에 오래되고 큰 나무를 웃당, 아랫당으로 삼아 당제를 지내기도 하며 잡귀 잡신의 접근을 차단하였다.

산등성이 고개가 있는 마을 뒤쪽의 우실은 산 자와 죽은 자의 최종 경계가 되기도 하였다. 그 우실의 출입구를 나가면 주로 묘지가 있어, 노제를 지내며 먼저 간 남편이나 아내의 상여와 이별을 하는 공간이기도 했다.

우실의 안쪽은 안정적이고 복된 곳이고, 우실의 바깥쪽은 불안하고 불상사가 많은 곳이라, 우실의 돌멩이들은 함부로 다른 용도로 쓰면 안 되었으며 매우 신성시되었고 마음대로 자리를 옮기지 못했다. 우실은 자연재해의 악순환에도 순응하며 살아가는 섬마을 사람들의 고단한 삶의 일부분이었다. 어쩌면 거친 해풍을 막아내며 무너지지 않고 묵묵히 서 있는 우실이 그들을 닮았는지도 모르겠다.

바지랑대와 빨랫줄

십 년 전, L.A. 공연을 가서 어바인의 평범한 가정집에 묵은 적이 있었다. 안내해 주는 한국계 교포가 재미있는 사실을 가르쳐 주었다. 자세히 보아 뒷마당에 빨래가 널려있으면 100% 한국계 가정이라는 사실이었다.

그랬다. 어디를 둘러보아도 빨랫줄에 널린 빨래를 볼 수 없었다. 자유의 나라 미국에는 앞마당에 빨래를 빨랫줄에 널어서 말릴 권리가 없다는 사실에 문화적 충격을 받았다.

이방인은 좀처럼 이해가 가지 않겠지만, 세탁기와 건조기가 보편화 되어있는 미국에는 '빨래, 빨랫줄, 빨래집게'를 '가난의 상징', '눈에 거슬리는 흉물'로 여기는 것이 현실이었다.

미국인들은 빨래가 널려있으면 외관상 보기에 안 좋아, 집값이 떨어진다고 생각했다. 그래서 집주인이나 타운하우스 회사에서 빨랫줄 건조를 하지 못하게 막는다고 했다. 하는 수 없이, 빨래의 나라에서 온, 많은 한국계가 단독 주택 뒤편에 가림막을 설치하고 빨랫줄을 몰래 설치하여 넌다고 했다.

청명한 하늘, 순한 바람, 따뜻한 햇살에 가지런히 널려있는 빨랫줄에 걸린 빨래는, 한국인에게는 더할 나위 없이 기분 좋은, 상쾌한 즐거움을 주는 모습이었다. 그리고 유난스럽게 깔끔하고, 부지런했던 어머니를 떠올리게 하는 고향의 정겨운 풍경이었다.

아파트가 없던 그 시절에는 도시와 농촌이나, 부잣집과 가난한 집을 막론하고 햇볕이 잘 드는 마당에 길게 빨랫줄이 처져있었고, 대가족의 빨래가 항상 널려있었다. 하얀 도화지같이 내걸려 있는 홑청이 빨랫줄에 펄럭거리면 하얀 세상과 파란 하늘색이 좋아 괜히 그 속에 들어가 몸을 둘둘 감기도 하고, 숨바꼭질을 하기도 했다.

빨랫줄에 두 다리를 드리우고
흰 빨래들이 귓속 이야기 하는 오후

쨍쨍한 7월 햇발은 고요히도
아담한 빨래에만 달린다.

— 윤동주 시, 〈빨래〉

우리의 자연 친화적인 건조 방법은 보통 세 가지의 도구로 이루어졌다. 빨랫줄, 빨래집게, 바지랑대였다. 빨랫줄은 빨래를 널어 말리는 줄로, 70년대는 지탱하는 힘이 좋은 주황색 나일론끈을 주로 썼다. 이것도 마당이 넓다고 아무 데나 막 다는 것이 아니었다.

풍수상 마당을 가로질러 달면, 집 안을 가로막아 복이 안 들어온 다고 주로 안채와 바깥채의 기둥을 묶어 마당을 세로로 질러 달아, 대문과 대청 사이에 막힘이 없도록 했다.

빨래는 널 때부터 털고, 펴고, 당겨야 하는 여성 특유의 섬세함 과 꼼꼼함이 필요했다. 그래서 얼렁뚱땅하는 남자에게 빨래 널기를 맡기지 말라고 "남자가 빨래를 널면 재수가 없다"라는 말이 예부터 있었다.

빨래를 널 때도 요령이 있었다. 귀한 옷은 햇살에 색이 바랠 수 있기에 뒤집어서 널고, 속옷은 구석으로 보냈고, 잘 안 마르는 것들 은 가운데로 두었다. 그래서 중매쟁이가 처녀 집에 오면, 제일 먼저 빨랫줄에 눈길을 주었고, 두 번째로 정지와 장독간을 보아 그 집 안 살림의 가풍을 짐작하여 점수를 매겼다.

빨래는 햇볕도 중요하지만 바람이 말리는 것이 반이었다. 그러 나 빨랫줄에 그냥 널어두면 바람에 날려 땅바닥에 떨어지므로 고정 을 해 두어야 했다. 이때 요긴하게 쓰이는 것이 빨래집게였다.

빨래집게는 몸체가 두 가닥으로 갈라진 도구로 옷을 양쪽에서 집는 데 쓰는 물건이다. 옛날에는 나무로 만든 것을 썼는데, 그때는 뿔로 만든 신식 집게를 썼다. 이 뿔집게는 반년 정도 쓰면 녹이 슬고 삭아서 부러지기 때문에, 옷걸이에 가지런히 따로 모아 애지중지하던 물건 중의 하나였다. 당시에는 생활에 꼭 필요하고 부담 없는 물건인 '비누, 성냥, 빨래집게'를 여성들이 선물로 주고받으면 아주 좋아하는 3대 선물로 취급했다. 대개 집게는 일반적인 손가락 길이의 소형과 큰 빨래용의 대형이 있었다.

젖은 빨래의 무게는 대단했다. 빨랫줄은 항상 이 무게에 눌려, 줄이 아래로 축 처졌다. 이때 이 처진 줄의 가운데를 걸고 묶어, 괴어 받쳤던 긴 막대기나 대나무를 바지랑대라고 했다.

'바지랑대'는 지역마다 그 명칭이 여러 가지로 쓰였다. 한자어로는 괘간挂竿이라 했고, 경남에서는 '간대, 바지작대이, 작수, 탱금대'라고 했고, 경북에서는 '장땅, 받침대, 바지랑장대'라고 했다.

전라도에는 '간지랑탱이, 작수발, 줄짝지'라고 했고 충청도에는 '줄장대, 바지장대', 강원도는 '가레이, 지게작대기', 제주에는 '서답바드렝이'라고 했다.

황해도는 '빨래장대기', 평안도는 '당대기', 함경도는 '서답장대, 당대기', 우리 집에서는 '간지작대이', 외가에서는 '바지랑작대기'라고 불렀다.

모두 '떠받친다'는 뜻의 '받'과 작대기의 '작', 장대의 '장', 몸체를 의미하는 '간干', 낚싯대를 의미하는 '간竿', 나무를 의미하는 '수樹', 버틸 '탱撑'을 근간으로 하는 말로 '탱구고 받침을 하는 긴 막대기'를 의미했다.

바지랑대의 이름이 이렇게 많은 것은 언제나 마당 가운데 우뚝

버티고 있는 바지랑대의 위상 때문이었다. 바지랑대는 어른 키 두 질로 지붕만큼 높고 길었다. 그래서 너무 택도 없는 일을 할 때, 까불지 말라고 "바지랑대로 하늘 재기"라고 하는 말이 생겼다.

바지랑대를 세웠을 때, 젖은 옷감은 공중에 높이 올라, 방해물 없이 햇빛을 온종일 받아 건조와 살균을 잘되게 하였다. 그런데 갑자기 비가 내리면 빨래를 신속하게 걷어야 했다. 그때는 바지랑대를 발로 차서 눕히면, 아이라도 쉽게 빨래를 걸을 수 있으므로 참 창의적이고, 공학적이고 실용적인 도구였다.

어린 시절 어른들이 논밭으로 나가실 때, 나에게 꼭 당부하는 말이 있었다. "집 잘 봐라." 이 말은 "오늘 하늘을 보니 소나기가 쏟아질 게 분명하다. 너는 날씨를 잘 보고 있다가 빗방울이 떨어지기 시작하면 속히 빨래를 걷도록 해라."라는 말과 같은 말이었다.

어른들의 기상 감각은 정확했다. 아니나 다를까 하늘에 먹장구름이 몰려와 뇌성을 울리고 마당에 흙내가 확 올라오더니, 오 원짜리 동전만 한 넓적한 빗방울이 쏟아졌다. 나는 서둘러 발로 바지랑대를 서서히 눕혀 내 키 높이에 맞추어 빨래를 내렸다. 짧게 살았지만, 요량이 있었다. 허둥대다가 옷가지가 흙 바닥에 닿거나 떨어지면 "밥값도 제대로 못 하는 놈"이라는 꾸지람을 듣기 마련이었다.

사실 그것보다 큰일은, 만약 노는 데 정신이 팔려 아차 해서, 빨래를 비에 고스란히 맞혔다가는 빗자루 몽둥이찜질을 당하는 불행한 사태였다.

하나의
목발로
아슬하다

아내 잃고
하늘만 바라보는
가는 목줄

가끔
고추잠자리 앉았다
구름 걸쳤다
빨랫줄만 취한 듯
흔들린다

아무리
까치발 딛고
먼 곳 바라봐도
한 번 떠난 사람
돌아오지 않아

자꾸만
삭아져 내리는

발치

죽음 같은 가을
건디느라
저 혼자 돌고 도는
바람 속
오늘 하필
그리움 터져

처마 끝
풍경
따라
목놓아 울다

하필이면
가을 이별

그만
더
아득한
하늘

— 이비단모래 시, 〈바지랑대〉 중에서

내 키가 바지랑대 반쯤 올라 도회지로 공부하러 나갈 때까지, 마당 한편에는 무심한 듯 비를 맞고 눈을 맞고 언제나 한결같이, 바지랑대가 우두커니 홀로 빨랫줄을 받치고 서 있었다.

　제 몸을 온전히 내어준 채, 새들도 날아가다 지치면 앉아 쉬기도 하고 잠자리의 놀이터가 되기도 했다. 고양이를 피해 제사에 쓸, 팔뚝만 한 생선도 탱탱하게 마를 때까지 빨랫줄에 의탁했고, 늙은 호박고지도 널리고 시래기도 신세를 졌다.

　자꾸만 삭아져 내리는 발치에 까치발을 딛고 먼 곳을 바라보고 서 있는 바지랑대의 모습에 인생줄을 버티고 있는 내 아픈 어깨가 자꾸 겹친다.

문종이 바르는 날

나뭇잎이 요란하게 우수수 떨어지는 입동이 다가오면 온 동네가 겨울 준비로 야단법석을 떨었다. 겨울의 시작으로 김장보다 먼저 하는 것이 문종이와 장판 갈기였다.

볕이 좋은 날, 가을 태풍에 찢어진 문종이 사이로 들이치는 찬바람을 막기 위해 집마다 창호지로 문을 바르고, 군불에 까맣게 타고 흙바닥이 드러나 있는 장판지도 바르고, 형편이 되는 집은 벽지나 반자 도배를 하느라고 이불을 마당으로 들어내고 방 안 살림을 옮기느라 어수선했다.

해마다 이맘때면 골목에서 들리는 소리가 있었다. "문조오 사소, 장판지 사소." 일 년에 한 번씩 꼭 이맘때 우리 동네를 방문하는 종이 장수였다. 껑충한 키에 한지와 장판지가 가득 들어있는 큰 함을 등에 지고 다니면서 동네마다 종이를 파는 사람이었다. 주로 우리 집에 이틀 정도 묵으면서 큰 짐을 맡기고 숙식을 해결하며, 인근 동네를 다니면서 종이를 팔았다.

그리고 집으로 돌아갈 때는 숙식비로 장판지와 문종이를 과할 정도로 셈을 쳐 주고 가서 우리 가족도 신반 아재라고 부르며 좋아 했다. 아재의 고향은 의령 신반이라는 곳이었다. 신반은 한지의 원료인 닥나무가 많이 자라고 신반천의 수질이 좋아, 우리나라 최초의 한지 생산지로 한때는 전국 한지의 절반 이상을 신반에서 제작한다고 자랑을 하셨다.

닥나무 종이가 등장하기 이전에는 기록이나 전달을 할 때 '점토판, 돌, 가죽, 목간, 죽간, 파피루스, 양피지' 등을 이용했다. 닥나무는 한·중·일 동아시아의 기록 문명을 바꾼 위대한 나무였다. 우리나라는 가지를 꺾을 때, 소리가 "딱" 하고 난다고 '닥, 닥나모, 닥남게' 라고 불렀고, 한자어로는 '저楮, 저목楮木' 등으로 불렀다.

중국에서는 楮[조위], 일본에서는 楮[고조]라고 불렀는데, 닥나무의 다른 말인 꾸지나무, 삼지닥나무에도 [조]의 흔적이 있다. 저楮는 단순하게 닥나무만을 지칭하는 것이 아니라 '종이, 돈' 을 의미하기도 하여 '종이, 적다' 의 어원으로 짐작할 수 있다.

신반 한지의 전래는 전설에 따르면 신라 때 인근 서암리 국사봉의 대동사라는 절에서였다고 한다. 어느 봄날에 설씨 성을 가진 주지가 절 주위의 닥나무를 냇물에 담가 두었더니 껍질이 불어 실이 풀어져 냇물이 하얗게 변했다. 주지가 그것을 떠서 말리니 불경을 쓸 수 있는 얇은 종이가 만들어졌다. 이 비법이 인근 사람들에게 전해져 신반 사람들 대부분이 종이 뜨는 법을 배워 한지를 생산하였고, '신반 한지'는 조정에 진상품으로 올려질 정도로 유명해졌다고 한다.

이 전설이 무관하지 않은 것이 755년(경덕왕 14)에 편찬된 '대방광 불화엄경'에 불경에 쓰인 닥종이 제작에 대한 기록이 남아있다.

"닥나무를 길러서 껍질을 벗겨내고, 벗겨낸 피를 맷돌에 갈아서 종이를 만든다."라고 한 것을 보면 오늘날 제작과정과 크게 다르지 않다. 사실 신반은 '의령군 부림면 신반리'라는 작은 고을이지만 부림면富林面이라는 이름에서 짐작하듯이, 한지 산업의 발달로 경제적으로 상당한 부촌이었다.

조선 시대에는 신번창新繁倉이 있어 부근의 공납 물산들이 모두 모였고, 신반 한지는 그 물산과 함께 낙동강 수로를 타고 서울로 운반했다. 신반 시장은 조선 시대부터 한지 생산과 유통의 중심지였다. 오일장이 열릴 때마다 전국에서 모여든 지업상들로 북적였다. 부의 상징인 쇠고기집이 즐비했고, 독자적인 '신반 대광대패'가 판을 벌일 정도로 인근 영남의 최고 시장이라는 초계장 못지않게 번성한 시장이었다.

현재는 한산한 농촌이지만 지금도 그 풍족했던 시절의 자취가 곳곳에 남아있다. 행정구역상 일개 마을인데도 서울로 가는 직통 버스가 다니고 있고, 지금도 그 일대는 한지와 병풍의 명맥이 전국으로 이어지고 있다.

서울이나 부산의 지업상들이나, 병풍 제작자 중에는 신반 출신의 업자들이 많이 있다. 그래서 옛날에는 의령이라는 지명보다 신반이 훨씬 유명했다고 한다.

한지의 우수성은 기계로 찍어내는 양지와는 근본적으로 달랐다. 한지 원료로 사용되는 닥나무는 논둑, 밭둑, 산지를 가리지 않고 잘 자랐다. 겨울에 햇닥나무 가지를 베고 삶고 껍질을 벗겨 말린다. 말린 흑피를 물에 불려서 피를 벗겨 흰 껍질을 만든다. 이 흰 껍질을 두들겨 닥풀을 푼 다음 지통에서 발로 떠서 말리고 다듬이질 도침을 하면 고른 두께의 종이가 완성되었다.

좋은 한지를 만드는 데는 닥나무도 중요하지만, 맑은 물이 많아야 했다. 마침 신반천에 흐르는 물은 인근 미타산, 봉산 등에서 흘러들어오는 마르지 않는 옥수라서 신반 한지를 가능하게 했다.

비단의 수명은 오백 년이지만 한지의 수명은 천 년을 간다는 '지천년 견오백紙千年絹五百'이라는 말이 있다. 한지는 은은하고 부드럽지만 강인한 내구성으로 질긴 생명력이 있었다.

1966년 석가탑 사리함에서 발견된 한지 두루마리는 세계를 놀라게 했다. 무려 1200년 전에 목판으로 인쇄한 '무구정광대다라니경'이었다. 이 유물은 거의 온전한 모습을 유지하고 있어 뛰어난 목판 인쇄술과 천 년이 지나도 수명을 잃지 않는 한지의 모습에 문화적 충격을 받았다.

우리 선조가 만든 닥종이는 대대로 인근국에 소문난 명품이었다. 신라에서 생산된 신라지는 섬세하게 빻고 물에 잘 풀어 도침질을 잘 해서, 지면이 질기고 고르고 하얗다.

당나라에서는 '천하제일 백추지白錘紙'라 불리며 뇌물로 쓰일 정도로 가치가 대단했다고 한다.

송나라에서도 왕에게 올리는 문서는 고려 종이를 썼다고 하고 원나라에서도 불경 편찬을 고려 종이로 했다. 조선조에 들어서는 청나라가 조공으로 너무 많은 조선 종이를 요구하여 사찰의 승려들이 시달리기도 했다.

이탈리아 성 프란치스코 대성당에는 평생 가난한 자의 친구로 살다 간, 성 프란체스코 성인이 직접 양피지에 적은 카르툴라Chartula라는 국보급 유물 기도문이 있다. 일반인들에게도 잘 알려진 "주여 나를 당신 평화의 도구로 써 주소서"로 시작하는 이 기도문은 가톨릭뿐만 아니라 세계적인 보물이기도 했다. 그러나 양피지의 이 기도문은 아무리 특수 보관을 해도 800년이란 세월을 이기지 못해서 복원이 필요했다.

이탈리아 문화부의 권위 있는 지류 복원 기관인 '도서 병리학 연구소'는 카르툴라 복원사업에 착수하며 세계의 우수 종이들을 연구하기 시작했다. 원래 유럽의 지류 문화재 복원 시장은 '일본 화지'가 독점하고 있었다.

도서 병리학 연구소는 1200년 전의 인쇄지 '무구정광대다라니경'에 주목했다. 그리고 좀만 약간 슬었을 뿐 까만 글씨체가 그대로 살아있는 경이로운 이 닥종이를 면밀하게 연구하였다. 2016년, 실제 복원작업에 들어간 연구소는 견고한 장력으로 보존성이 좋고, 우수한 통기성과 항습기능이 강한 '의령 한지'의 손을 들어 주었다.
　그 후, 지류 유물을 많이 소장하고 있는 바티칸 교황청과 프랑스

루브르 박물관도 '전주 한지'를 복원지로 선택하며 한지를 '보존성이 뛰어난 고품격 종이'라고 인정했다.

　문종이를 바를 때 제일 먼저 하는 일은 풀을 쑤는 일이었다. 할무니는 이른 아침부터 부지런히 밀가루 풀 솥을 주걱으로 휘휘 젓고

계셨다. 아침밥을 먹고 우리 가족은 마당에 덕석을 깔고 방 안의 세간살이를 날랐다. 먼저 시꺼멓게 탄 장판지를 깨끗하게 걷어내었다. 그리고 문짝에 붙은 묵은 종이를 뜯어내고 네모진 띠살 격자 사이의 먼지를 털어내고 쩌귀에 기름칠도 했다.

노란빛이 도는 장판지는 종이를 여러 겹 합해서 두껍게 하여 들기름을 먹여 건조시킨 것으로 두꺼워 방수성이 좋고, 질겨서 칼질도 잘 먹지 않을 정도로 튼튼했다. 장판지는 방바닥에 맞게 잘라, 솔에 풀을 잔뜩 묻혀 바르고 방 빗자루로 살살 달래며 붙였다. 마지막으로 자투리 종이를 잘라 이음과 가장자리에 한 겹을 더 바르면 쉽게 끝났다.

문종이는 주로 '조히, 창호지, 조선종이, 참종이, 닥종이'로 불렀다. 한지韓紙라는 명칭은 일제강점기 이후 유입된 서양종이 양지洋紙에 대한 반향으로 생긴 말이다.

문종이도 문짝에 맞게 꼼꼼하게 잘라 붙이는데, 할무니와 어머니가 풀을 먹은 문종이를 맞잡고 먼저 물을 입에 물고 문살에 뿜었다. 그리고 풀 먹은 문종이를 위에서 아래로 갖다 붙이면, 할부지가 한 번도 안 쓴 수수 빗자루로 아래로 달래듯이 쓱쓱 붙였다.

어머니가 기거하는 작은 방 위쪽 양쪽 문짝 귀퉁이에는 부부화합에 좋다며 은행잎 한 쌍씩을 풀로 갖다 붙이니 운치가 더했다.

문종이 바르기는 실수가 용납되지 않아 경험이 필요한 일이었다. 그리고 문틈으로 들어오는 찬 바람을 막기 위해 문풍지를 반 뼘 정도 넉넉하게 남게 잘라 여유를 주었다.

겨우내 세찬 바람이 불면 문틈으로 바람이 들어와 문풍지가 덜덜 떨리는 소리가 나는데 할머니는 "꼭 총각 코 고는 소리 같다."라고 하셨다.

> 쌍금쌍금 쌍가락지 호작질로 닦아내어
>
> 먼데보니 달일레라 자에보니 처잘레라
>
> 그처자 자는방에 숨소리도 둘일레라
>
> 오랍오랍 오라바님 거짓말쌈을 하지마소
>
> 동남풍이 내리다부니 풍지떠는 소릴레라
>
> 죽고저라 죽고저라 자는듯이 죽고저라
>
> 이내몸이 죽거들랑 연대밑에 묻어두고
>
> 갈방비가 오거들랑 초식떼기를 덮어주소
>
> — 언양, 김숙이 노래, 〈쌍금쌍금 쌍가락지〉 중에서

아무래도 문을 여닫을 때와 문을 쇳대로 잠글 때 많이 사용하는 문고리 부분은 튼튼하라고 그 부분만 꽃 모양으로 잘라 세 겹을 붙였다. 누가 왔는지 확인하는 '눈꼽재기창'도 앉은키 높이에 달았고, 문고리 대신에 가로질러 당기는 손잡이 문 줄도 새로 바꾸었다.

장판지와 문종이만 바꿔도 오후에 햇빛이 문짝을 비추자 방 안이 훤해졌다. 저 창호지가 종이라고 우습게 볼 게 아니었다. 한지는

숨을 쉬듯이 겨우내 통풍은 되게 하면서 북풍을 든든하게 막아주었다. 그리고 방 안의 온기를 보존하면서 습기를 조절하는 역할도 해서 웬만한 감기는 막아주었다.

풀이 다 마른 문종이는 탱탱하게 서로 당겨 문살을 건드리면 장고 치는 소리가 나서 문 가까이에 입을 대고 노래를 하면 미세한 떨림까지 방 안으로 울려 퍼졌다.

하얀 빛깔의 한지는 수천 년 동안 우리의 종교, 지식, 법령, 기술, 예술을 담는 하드웨어 역할을 해 왔다. 그러나 꼭 종이 역할만 한 것이 아니었다. 한지는 몇 장을 겹쳐 바르면 쇠만큼 질기고 강한 섬유 조직체가 되어 칼도 뚫지 못하는 질긴 근성이 있었다. 그래서 옛 여인들은 한지를 버리지 않고 모아 두었다가 꼬거나 붙여 가재도구도 만들었고, 심지어 전쟁에 나가는 남편이나 아들을 위해 갑옷을 만들기도 했다.

할무니는 문을 바르고 남은 자투리 한지도 소중하게 다루어 제기통에 넣었다. 예부터 조선종이는 신줄이 세서 액을 막아주는 금줄로도 쓰이고, 장독에 거꾸로 붙이는 버선본도 되고, 신에게 올리는 소원지도 되고, 신을 모시는 지편도 되고, 망자의 노잣돈이 되기도 했다.

초겨울 해가 사정없이 떨어지자 가족들은 서둘러 볕에 말려 둔 이불을 털고 가재도구를 챙겨 방으로 집어넣었다. 어머니는 정지에서 밥을 안치고 군불을 넣었다. 큰방은 그동안 매운 연기가 새어 들어오더니만 새 장판지를 바르자 공기가 말끔해지고, 백열등 30촉에도 새로 바른 문종이로 방 안이 훤했다. 그날 밤은 어리숙한 반달이 빛살을 달아 둔 곳감을 하얀 문창에 묵화같이 쏘았다.

4부

진주낭군
오실 때에
진주 남강에
빨래 가라

울도담도 없는집에 시집간 지 삼년만에
시어머니 하시는말씀 애야아가 메느리아가
진주낭군 오실때에 진주남강에 빨래가라
진주남강에 빨래가니 물도좋고 돌도나 좋아
오동동동 빨래를하니 난데없는 발자국소리
자부둥자부둥 나는구나 옆눈으로 흘끗보니
하늘같은 갓을쓰고 구름같은 말을타고
못본듯이 지나간다

초가지붕 이기

70년대 초반까지만 하더라도 지붕의 모양으로 그 집의 살림 척도를 짐작했다. 부잣집은 기와를 얹고 살았고, 제법 사는 집은 양옥집이었고, 좀 사는 집은 양철 도단집에 살았고, 그렇지 않은 집은 모조리 초가집이었다. 겨울이 오기 전에 촌집들은 지붕 손질을 해 주어야 했다. 양철 도단집은 주황색·초록색 페인트로 칠을 하였고, 초가집은 지붕을 새로 엮어 올려야 했다.

가을걷이 후에는 어느 곳이나 짚이 흔했다. 집안의 헛간에도 짚동이 여러 동 높이 쌓여 있었고, 들판의 논에도 짚동이 수십 동씩 쌓여 있었다. 들판의 짚동들은 동네 아이들의 겨울 놀이터로 굴을 파서 놀기도 하고 숨바꼭질 때 숨는 단골 장소이기도 했다. 가끔 개구쟁이들이 불장난하다가 큰일을 겪기도 하는 곳이었다.

짚은 벼가 타작을 하고 난 뒤에 남은 줄기와 잎을 말한다. 보리나 밀은 따로 보릿짚, 밀짚이라 하는데, 볏짚은 따로 볏짚이라 하지 않고 그냥 짚이라고 할 정도로 짚의 대명사로 쓰였다.

벼는 씨에서 발아하여 땅 밑에 뿌리를 두고 땅 위는 수분과 양분을 운반하는 몸체인 줄기와 호흡 작용과 광합성을 하는 잎과 그 작용으로 생긴 알곡으로 구성되어 있었다. 알곡을 수확하고 난 뒤에 남는 볏짚은 마른 잎과 줄기를 말한다. '짚'의 옛말은 '닢'이었다. 이는 '닢과 줄기'가 합쳐서 생긴 말이다.

선조들은 알곡을 털어 낸 짚을 매우 신성시했다. 우리는 짚 위에서 태어난 사람들이었다. 산모와 아기를 도와주는 삼신 할매는 짚을 신체로 하며 벼가 자라나듯 아기가 잘 자라라고 해산을 할 때 짚을 깔았다. 예부터 선조들은 아기를 "아이고 야물다, 알밤 토실이 같다."라고 하며 알곡과 같이 생각했다.

또 산모와 아기를 이어주는 탯줄을 짚과 동일시하였다. 그래서 탯줄은 짚에 싸서 태우거나 묻었다. 그래서 짚으로 꼬아서 만든 줄을 '새끼'라고 부르고, 자식도 '새끼'라고 같이 불렀다.

옛날 생일은 오늘날과 사뭇 다른 엄숙한 날이었다. 가족이 생일을 맞은 집은 큰방의 북쪽 자리에 삼신상을 차려 놓았다. 그 위에 짚, 가위, 실, 쌀, 미역, 정화수 등을 얹어 놓고, 할무니가 삼신할매께 무병장수의 비손을 하고 그다음에 미역국을 먹었다.

집안의 터를 관장하면서 액운을 물리치고 복을 주는 터주신의 집 자리도 짚으로 만들었다. 각 가정에서는 해마다 시월에 추수가 끝나면 수확 제의로 단지에 새로 수확한 나락, 콩 등 신곡을 넣어 뒤

뜰에 사람이 사는 집같이 A 자형의 짚가리를 씌웠다. 이를 지역에 따라 '터줏대감, 터주지신, 터줏단지, 철륭, 뒤껼각시, 뒷할망' 등 다양한 호칭으로 부르며 섬겼다.

짚을 왼손으로 꼬아서 만든 새끼줄은 왼 새끼라고 불렀다. 이 왼 새끼는 액을 물리치는 특별한 힘이 있다고 믿어, 당터나 대문에 금줄을 칠 때 한지, 솔가지, 숯 등을 함께 끼워 걸어두기도 했다.

짚은 인간의 액운을 싣고 멀리 떠나는 조력자 역할도 했다. 한 해의 액을 쫓기 위해, 정월 열나흗날 짚으로 작은 제웅을 만들어 그 속에 사람의 사주와 동전을 넣어 길에 버렸다. 그러면 아이들이 돈만 가지고 제웅을 멀리 쳐 내는데 이를 '제웅치기'라고 했다.

서남해안의 갯마을에는 제웅 대신 짚으로 엮은 띠배가 마을의 액운을 싣고 먼바다로 떠나는 풍속도 있었다. 짚은 단결되고 안정된 노동력이 필수적인 농경사회에 사람들을 교육하는 매개체 역할도 하였다. 짚은 한 가닥이면 힘을 못 쓰지만, 여러 가닥이 모이면 엄청난 힘을 발휘한다는 교훈을 주는 교재였다. 지푸라기를 꼬아서 새끼를 만들고, 그것을 또 꼬고 비틀어서 계속 만들면 수천 명이 당겨도 꿈쩍도 안 하는 엄청난 큰 줄이 만들어졌다.

백 년 전만 하더라도 풍작을 빌며 정월 대보름 대동 놀이에 빠지지 않는 줄다리기가 읍면 단위로 있었다. 어떤 지역은 삼사일씩 당기기도 할 정도로 규모가 대단했다. 이 줄다리기에 쓰인 줄은 재수가 좋다고 하여 줄다리기가 끝나면 서로 떼어간다고 난리가 났다.

이것은 사람들이 줄다리기에 참여하는 이유가 되기도 했다.

이 줄 동가리를 지붕에 얹으면 액운이 달아나고 안과태평을 점지하고, 이것을 배에 모셔 두면 고기가 많이 잡히고 바다가 잔잔해진다고 믿었다. 그리고 그 주력이 담긴 짚 동가리를 논에 거름으로 쓰면 풍작을 가져온다고 믿었다.

> 탈탈 비어라 자새수야
>
> 어여라 디야
>
> 빨리 가자 도지기수
>
> 어여라 디야
>
> 앞술래는 가차지고
>
> 어여라 디야
>
> 뒷술래는 멀어진다
>
> 어여라 디야
>
> 자글자글 꼬아나 보세
>
> 어여라 디야
>
> — 전북 부안, 〈줄 꼬는 소리〉 중에서

볏짚이 없으면 농촌 생활은 사람이나 가축이 살기가 힘들 정도로 의식주에 절대적으로 중요했다. 일단 가정에서 보온이나 음식을 만드는 기본 땔감이 짚이었다. 예전에는 베갯속도 볏짚을 잘게 잘라 넣었고, 칫솔 대신에 볏짚으로 치아를 닦기도 했다.

그것은 가축도 마찬가지였다. 볏짚은 가축에게는 없어서는 안 될 먹거리와 보온재였다. 좋은 짚은 잘 썰어 겨울철 소여물로 끓여 주었고, 안 좋은 짚은 돼지우리의 보온재로 썼다. 그리고 이것은 다시 두엄으로 변해 논에 토질을 향상하는 거름으로 환원했다.

여자들이 실과 길쌈이 숙명이라면, 남자들은 짚과 새끼가 숙명이었다. 짚은 밑동을 깔꾸리로 깨끗하게 정리한 다음 물을 뿜어 질기게 만들어 별의별 것을 다 만들었다.

할부지는 틈만 나면 짚신을 만드셨고, 아버지는 삼촌들과 겨우내 저녁이 되면 문간방에서 새끼를 꼬았다. 일제 강점기에 들어 새끼 꼬는 기계와 가마니 짜는 기계가 들어와 그 작업이 방에서 헛간으로 옮겨간 것 말고는 70년대까지 여전히 저녁때 문간방은 쾌쾌한 남자들의 공간이었다. 호롱불을 켜고, 걸쭉한 농담을 킥킥거리고, 간식으로 가져온 무와 고구마를 씹으며, 방구를 통통 끼면서 손을 부지런히 놀렸다.

기술이 좋은 사람들은 축축한 짚으로 큰 덕석도 만들고, 둥근 명석도 짰다. 곡식을 담는 둥근 둥구미도 닷새만에 하나씩 만들기도 했다. 기술을 배우는 사람들은 우선 짚세기나 꼴망태를 먼저 만들고, 거기서 합격을 하면 깔고 앉는 방석이나 거적 만드는 법을 익혔다.

짚은 이러한 농사 도구를 만들었던 것은 기본이고, 전통 한옥에서 흙·대·소나무와 더불어 없어서는 안 될 요긴한 건축자재로 쓰였다.

기와를 얹기 전, 알매 흙을 치거나 벽에 흙을 두를 때 꼭 속 재료로 짚을 잘라 넣어 흙을 개었다. 이렇게 하면 흙의 접착력이 든든해져서 흙이 무너지는 것을 막아주었고, 흙벽 속의 짚이 더하면 덜하게, 덜하면 더하게 습도조절, 온도조절의 역할을 하였다.

짚이 제일 많이 쓰이는 것은 초가집의 지붕이었다. 보통 2년마다 지붕을 교체하는데, 농사일같이 두레꾼들이 서로 품앗이를 도우면서 하는 큰일이었다. 아버지는 전날부터 부지런히 짚을 다듬고 손질하여 지붕에 덮을 이엉을 엮고, 할부지는 지붕마루와 담부랑에 덮을 용마름을 여자아이 머리 땋듯이 길게 만드셨다.

'지붕 올리기'는 손이 참 많이 가는 일이었다. 겨울 짧은 해에 품앗이 일꾼들이 아침 일찍 하나둘씩 도착했다. 놉들은 이것 하라, 저것 하라 지시를 하지 않아도 알아서 척척 자기 일을 찾아갔다. 절반은 사다리를 타고 지붕에 올라가 낡은 초가를 걷어내고 반은 마당에서 이엉과 용마루를 엮었다.

재작년에 올린 초가의 지붕 속에는 같은 번지수에 터전을 잡고 살면서도 우리가 몰랐던 다른 세계가 있었다. 봄이면 어디서 날아온지 모르는 씨앗들이 터를 잡았고, 가을이면 타고 오르기 좋아하는 박과 호박이 떡하니 자리를 틀었다.

우리 집 장닭이 새벽마다 지붕에 올라 길게 목을 빼는 이유도 있었다. 그것은 하얗게 꼬무락거리는 굼벵이와 같은 벌레들이었다. 그리고 저녁마다 천장을 뛰어다니며 잠을 설치게 했던 쥐 가족도 살았고, 좀처럼 보기 힘든 참새 둥지도 있었다. 쫓아내기가 미안했지만 따지고 보면 그네들도 새집을 갖는 날이기도 했다.

이따금 구렁이도 나와 할부지는 "아이고 업구리가 나오셨네, 놀다가 새집 지어 주모 들어가시소."라고 하시며 거적에 극진히 모셔다 담부랑에 올려놓았다.

얼추 지붕이 꺼풀을 벗자 둘둘 말은 이엉을 어깨에 짊어지고 여러 개를 지붕에 올렸다. 그다음은 지붕에 올린 이엉을 펴서 지붕을 덮고 새끼줄로 이엉을 서로 연결하여 눈·비바람에 잘 견디도록 매매 묶었다.

스르릉 스르릉 어어 어허어 줄비는 소리여 어어 랑산

오놀호루해도 어어 어허어 서산에 걸럿구나 어어 랑산

진줄이라근 어어 어허어 정낭톡호고 어어 랑산

조근줄이라근 어어 어허어 엿돌혼 호라 어어 랑산

이줄 비라 저줄 비라 어어 어허어 혼저덜 비라 어여 랑산

잘도나 비여가는구나 어어 어허어 살대고찌 비여나간다 어어 랑산

— 제주, 〈집 줄 놓는 소리〉 중에서

정지에는 굴과 무와 두부가 들어간 맛있는 굴국이 끓는 냄새가

점심시간을 알리고 있었다. 나는 자전거를 타고 읍내 도가에서 막걸리를 받아왔다.

초가지붕은 숨을 쉬며 살아 있는 지붕이었다. 짚은 보온과 단열 효과가 높아 바깥이 아무리 더워도 그 지붕 아래에는 부채 하나로 견딜 만한 시원함이 있었고, 두꺼운 지붕은 아무리 추워도 군불과 솜이불 하나면 방 안이 훈훈했다. 또 표면이 매끄러워 수분에 강해 비나 눈이 와도 물이 잘 새지 않았고, 무엇보다도 속이 비고 가벼워 기둥에 부담을 주지 않았다.

오후에는 용 모양으로 길게 엮은 용마름을 올렸다. 무게가 제법 있어 놉들이 릴레이식으로 어깨로 연결하여 힘겹게 지붕 위에 올려서 꼭대기에 걸치니 진짜 용이 나는 것 같았다.

근사한 초가지붕이 이어졌다. 다른 놉들은 바깥채에 달라붙어 지붕을 오르내리며 지붕 이기 작업을 계속했고, 할부지는 낫으로 튀어나온 이엉을 내 빡빡머리 깎듯이 정갈하게 고르고 다듬었다. 그리고 담부랑에도 우렁찬 용마루를 올렸다.

해가 노을을 만들 무렵, 안채, 바깥채가 새 옷을 갈아입었다. 어머니가 밥을 안치면서 굴뚝에서 연기가 오르자 뒷산 모양을 그대로 닮은 우리 집 누런 지붕이 그렇게 아름다울 수가 없었다.

그러나 1970년대에 이르러 '식량 증산, 새마을운동' 이라는 정책을 계기로 초가집은 점점 사라지기 시작했다. 쌀의 수확량이 많은 개량종인 통일벼가 정부의 정책으로 적극적으로 보급되었다. 그러나 통일벼는 일반벼에 비해 짚의 길이가 짧아 소여물로 쓸 수도 없고 짚 제품을 만들기에도 곤란했다. 특히 짚이 제일 많이 쓰이는 초가지붕을 일 수 없게 되었다. 그러자 "초가집도 없애고 마을 길도 넓히고"라는 가사같이 곧 슬레이트가 보급되었고 집들은 초가를 걷어내고 슬레이트로 덮기 시작했다.

아파트살이를 하면서 한 번씩 그 넓었던 마당과 밀레의 그림만큼 아름다웠던 웅기중기 연기 깔린 그 초가집과 손재주 좋았던 그분들이 아른거린다.

빨래터의 전설

900년 전, 송나라 사신으로 고려에 와서 풍속을 기록한 서긍의 『고려도경高麗圖經』 한탁澣濯 조에는 고려의 목욕과 세탁 풍습이 잘 나타나 있다.

"옛 사서에 따르면 고려의 풍속은 사람들이 모두 깨끗하다고 기록되어 있는데, 지금도 여전히 그러하다. 그들은 항상 중국인이 때가 많은 것을 비웃었다. 그들은 흰 베옷을 즐겨 입고 검은 두건을 쓴다. 의복을 빨고 비단이나 베를 표백하는 것은 다 부녀자의 일이어서, 밤낮으로 일해도 어렵다고 하지 않는다."

구한말에 조선을 방문한 외국인들의 눈에도 빨래에 집착하는 조선 여인들이 유별나게 보였다.

"조선의 여인들은 우물가에서, 개울가에서, 꽁꽁 언 강가에서도 빨래를 했다. 그리고 말린 다음 골목마다 다듬이질 소리가 흘러나왔고 인두로 다림질을 했다."

그들은 이 신기한 광경이 생소해서 여기에 초점을 맞추어, 유독 빨래나 다듬이질에 관한 글과 사진을 많이 남겼다.

인류학자인 조르주 뒤크로는 한양을 '거대한 세탁기'에 비유했고, 지리학자 이사벨라 비숍 여사는 조선의 여인들은 '빨래의 노예'라고 혹평했다.

옛 시절에는 마을에 세 군데의 물이 있는 곳이 있었다. 샘, 우물, 빨래터였다. 이를 상탕, 중탕, 하탕이라고 했는데, 모두 구성원의 건강과 질병, 위생을 담당하는 용왕신앙이 깃든 곳이었다.

빨래터와 샘은 온 동네 공동체의 삶의 공간이었다. 빨래터는 마을 중간에 흐르는 내나 도랑에 만든 공동 세탁소로, 가볍게 몸을 씻거나 빨래 전용이었다. 샘과 연결된 예도 있고, 독립된 경우도 있었다.

샘은 동네에서 저절로 솟아 나오는 용출수가 있는 '공동 샘'으로 마을 주민 전체가 쓰는 곳이었다. 이곳은 사람 입으로 들어가는 마시는 물을 뜨거나, 쌀이나 채소만 허용되는 곳으로, 이곳에서 몸을 씻거나 빨래를 하는 것은 금지하였다.

우물은 수 명당을 짚어 집 안에 움을 파서 조성한 인공 구조물이다. 주로 집안사람들만 쓰는 곳인데, 집안 공간의 이미지가 강했고, 샘이 없는 동네는 마을 전체가 쓰는 '공동 우물'이 있는 곳도 있었다.

그 시절 빨래터에는 버드나무 가지가 휘늘어져 겨울은 따뜻하고 여름에는 그늘이 시원하게 가려주는 곳이었다. 그리고 차마 빨래를 씻을 수 없을 만큼, 맑은 물이 철마다 졸졸 흐르는 곳이었다. 빨래는 '더러운 옷이나 천을 물에 빨아 깨끗하게 씻는 일'을 말한다. '빨다'의 중세어 '셜다'를 살펴보면 '씻고 빠는' 흔적이 남아있다.

봄 햇볕이 화사한 날, 겨우내 가족들을 따뜻하게 덮어주던 솜이불과 카시미롱 이불이 모두 대청으로 끌려 나왔다. 솜이불은 바느질된 홑청을 뜯어내고, 담부랑에 걸쳐 작대기로 먼지를 탈탈 털어 말렸다. 온 담부랑이 방방이 나온 이불을 덮었다.

이윽고 리어카에 빨간 고무통을 싣고 홑청, 카시미롱 이불과 빨랫방망이, 널빤지에 홈을 여러 개 파서 만든 빨래판, 엿장수에게 고물과 바꾼 무궁화 빨랫비누를 얹었다. 그리고 어머니는 생고구마 몇 개와 장작 한 무더기도 같이 실었다.

빨래는 기본적으로 방망이질을 하고 비벼 빠는 방식이 전부였다. 하지만 이런 날은 물속에서 이불 빨랫감을 발로 밟아야 하므로 꼭 내가 동행을 했다. 날씨가 좋은 날이라 누구누구 할 것 없이, 전부 겨울 빨래를 지고 나와 빨래터는 이미 삶고, 두들기고, 헹구고, 짜는 사람들로 만원이었다. 또 나같이 다리품을 팔러 나온 아이들도 여럿 있었다.

빨래터는 겉으로 보면 아무렇게나 자리를 잡아 무질서하게 보였지만, 나름대로 지켜온 규칙이 있었다. "빨래 이웃은 안 한다."는 말이 있듯이 튀기는 물과 빨랫감의 성격에 따라 서로 거리 두기가 확

실했다. 일반 빨래를 하는 사람들은 상류에서 하고 기저귀 빨래를 하는 새댁들은 중류를 차지했고, 속옷이나 서답을 빠는 처녀들은 부끄러워 뚝 떨어진 하류를 차지하여 한 줄기의 물길을 효율적으로 썼다.

빨래터에는 부녀회에서 공동으로 산, 큰 양은솥이 얼기설기 돌을 쌓아 만든 아궁이에 걸쳐져 있었고, 수백 년 동안 씀 직한 넓적한 빨랫돌이 곳곳에 자리하고 있었다. 먼저 무명으로 된 이불 홑청을 애벌빨래한 다음, 솥에 넣고 양잿물을 적당히 부어 불을 지폈다. 장작 화력이 워낙 좋아 금방 끓어 올랐다. 빨래를 삶는 양잿물 고약한 냄새와 고구마 굽는 냄새가 묘하게 섞였다.

다음은 붉은 장미 모양이 그려진 카시미롱 이불을 빨 차례였다. 동네 계를 모아 마련한 이 카시미롱 이불은 어머니가 아끼는 이불로 털이 부드러워 가을부터 봄까지 안방에서 뒹구는 놈이었다. 물을 먹은 카시미롱 이불은 꽤 무거웠다. 이놈을 빨간 고무통에 넣고 발로 밟아야 했다. 봄이지만 물이 차가웠다. 오로지 내 몫인 이 일을 위해 내가 같이 온 것이기에 참았다.

작업복은 빨랫돌에 얹어 비누칠을 해서 싹싹 비볐고, 할부지 할무니 한복과 아버지 셔츠는 빨래판에서 살살 문질렀다. 작업복은 단추가 깨지지 않게 잘 숨겨 방망이로 힘차게 두들겼다. 온 빨래터가 방망이 소리와 여인들의 재잘거림과 웃음소리로 읍내 시장통 같았다.

빨랫감을 두들기는 빨랫방망이는 반 팔 길이로 아래는 넓적하고, 위는 날렵하게 세모로 깎아 만들었다. 얄궂게 만들었다고 우습게 볼 게 아니었다. 일제 강점기에 백화점에서 박달나무에 옻칠을 해서 자개를 박은 빨랫방망이가 상상외로 고가에 팔린 적도 있었다.

집마다 하나씩은 가지고 있었고, 우물 옆에 빨랫방망이를 걸어 두는 곳이 따로 있었다. 대를 이어 물려 쓰는 크게 달갑지 않은 유산이었다. 거의 매일 쓰다시피 하는 도구이기 때문에 항상 물이 마를 날이 없이 같이하는 여인들 고난의 역사였다.

빨래 용도로 만들어졌지만, 겨울날 얼음을 깨는 망치로도 쓰이고, 물에 떠내려가는 빨래를 잡는 집게로도 쓰이고, 뱀이나 쥐를 위협하는 몽둥이가 되기도 했다. 그리고 항상 빨래터를 기웃거리는 얄궂은 사내들을 쫓아내는 호신용 무기로 그만한 게 없었다.

얼마나 빨래가 여성을 옥죄었으면 덜어주려는 사회적 안전망으로 "밤에 빨래 방망이질을 하면 집안 망한다", "밤에 빨래 방망이질하면 동네 처

녀가 죽는다"라고 하는 속담이 있었을까.

> 울도담도 없는집에 시집간 지 삼년만에
>
> 시어머니 하시는말씀 애야아가 메느리아가
>
> 진주낭군 오실때에 진주남강에 빨래가라
>
> 진주남강에 빨래가니 물도좋고 돌도나 좋아
>
> 오동동동 빨래를하니 난데없는 발자국소리
>
> 자부둥자부둥 나는구나 옆눈으로 흘끗보니
>
> 하늘같은 갓을쓰고 구름같은 말을타고
>
> 못본듯이 지나간다

— 〈진주낭군가〉 중에서

동네 아지매들의 방망이질에 신명이 붙었다. 세상일이 그랬다. 힘든 표정 짓지 않고 웃으며 즐겁게 일을 하면 일이 신나고, 짜증을 내고 오만상을 찡그리면 힘이 드는 법이었다. 아지매들은 웃고 떠들며 최신 유행가를 부르기도 하고, 영화 '갑돌이와 갑순이'의 주인공 백일섭이가 우리 같은 바닷가 여수 출신이라는 이야기를 해서 모두 "역시 서울로 가야 출세한다."며 맞장구를 쳤다.

이윽고 동네 처녀들도 정훈희도 부산 출신인데, 서울로 가서 가수가 되었다며, 서울을 꿈꾸며, "진달래 피고 새가 울면은 두고두고 그리운 사람"을 부르며 신나게 방망이질을 했다.

사실 여성들이 무거운 빨랫감을 이고 동네에서 제법 먼 빨래터까지 매일 출근하는 이유가 여기에 있었다. 그네들이 두들기는 것은 단순한 빨랫감이 아니라 세상의 부조리와 불평등이었고, 흐르는 시냇물에 시름을 헹궈내고 고통을 비틀어 짜서 애초에 간직했던 순백의 마음을 찾는 숭고한 작업이었다.

빨래터는 여성을 억압하는 권력 구조와 불평등이 없고, 가부장제가 지배하는 유교적 관습 규범을 따르지 않아도 되는 치외법권 구역이었다. 이 구역은 남자아이들 빼놓고 남정네들 출입이 관습적으로 제한되어 있었고, 며느리를 본 시어머니들도 눈치를 보며 가지 않아야 하는 동네 부녀자들만의 집단해방구였다.

그런 자유 규칙을 만끽할 수 있었기에 통쾌하게 시댁 흉을 보고, 남자들은 왜 그런지 모르겠다며 남편 욕도 하고, 시누이 말투 흉내를 내며 배를 잡고 웃기도 했다.

떴네 떴어 무엇이 떴나 시어마씨
요강단지에 똥덤뱅이가 떴네

밟았네 밟았어 무엇을 밟았나
시아바씨 가랑이 밑에 거시기를 밟았네

시누부 줄라고 호박을 삶았더니

아이고야 어쩔거나 요강단지를 삶았네

빨래터는 동네방네 인근의 온갖 소문의 진원지였다. 거기에다 한 입에 한 마디씩 거들다 보면 어쩌다가 배가 산으로 가기도 했다.

"칠산 양반이 읍내 향미옥 여자하고 바람이 났다더라.", "과수원 집 작은딸내미가 서울로 야반도주하다가 잡혀와 머리카락을 잘렸단다.", "초전댁 과부 며느리가 진주 극장에서 남자랑 나오는 걸 봤단다."

그리고 이따금 그 소문이 커져 난리판이 벌어지기도 했다. 초전댁 할아버지가 낫을 들고 빨래터를 찾아와, 막상 가까이 오지는 못하고, 멀리 서서 악다구니를 퍼부었다.

"씨잘대기 없는 말 씨부리는 년들은 입을 확 찢엇분다!"라고 고래 고래 고함을 지르는 일도 벌어졌다.

빨래터는 여성만의 신성한 프라이버시가 보장된 불가침 공간이었다. 봉건의 굴레에서 답답하게 갇힌 동네 아지매들이 세탁이라는 공인되고 떳떳한 명분으로 한나절이라도 시집에서 벗어나는 공간이었다. 비슷한 처지의 여성들이 모인 덕분에 수다거리 중에는 피임법, 임신 적기 고르는 법, 난소, 난관, 자궁 같은 여성 전용 용어를 남발해도 아무렇지도 않았다. 그리고 평소에 엄두도 못 낼, 합방하는 법, 남자 다루는 법 등의 드러내고 말 못 할 은밀한 밀담도 킥킥

대며 빨래터에서 공개적으로 다루어졌다.

나 날씨가 좋아서 빠 빨래를 갔더니
모진놈 만나서 돌베개 베었네
덩기둥덩에 둥당덩

나 날씨가 좋아서 나 나무를 갔더니
모진년 만나서 무릎팍 깨졌네
덩기둥덩에 둥당덩

— 전남 영광

해방구에는 선녀들이 하강해서 목욕하는 것 같은 몽환적인 풍경도 있었다. 그때는 여성이 다리를 노출하는 것을 큰 금기로 여겨 경찰이 잣대로 치마 길이를 재던 시절이었다. 그런데 여성만의 공간인 이곳은 예외였다. 치마를 걷어 올리고 다리를 드러낸 속바지 차림으로 빨래를 하고, 저고리를 벗고 몸을 씻고 머리를 감는 것이 예사였다. 그렇다 보니 옷을 훔치러 온 나무꾼이 꼭 있었다.

꽃 본 나비요, 불 본 나방이요, 물 본 기러기라고 했던가. 이성에게 마음이 쏠리는 것은 자연의 이치였다. 여드름 불거진 마음이 간질간질한 짓궂은 사내놈들이 자꾸 왔다 갔다 하면서, 처녀들을 힐끗거리는 것은 인력으로 어찌할 수 없는 일이었다.

나이 든 아지매가 "이놈의 자슥 니가 누군지 다 안다, 너그 아부지 순돌이제." 하는 호통 소리에 부리나케 도망을 가고, 빨래터에 자지러지는 여자들의 웃음소리가 퍼졌다. 읍내에서 정오를 알리는 오포 소리가 들렸다.

붉은 고무통은 카시미롱에서 묵었던 누런 땟물이 빠져나와 가득했다. 나는 그것을 통째로 냇물에 부어버렸다. 이 순간이 동네 빨래터의 가장 큰 매력이었다. 흐르는 물은 이불을 말끔하게 헹궈내었고, 물기를 빼기 위해 큰 돌 위에 무거운 이불을 걸치면 자동 탈수가 되었다.

삶은 무명 홑청도 빨랫방망이로 탕탕 쳐서 개울물에 흔들어 헹궈내니, 제법 때가 빠지고 하얀 제 색을 찾았다. 이 홑청을 양쪽에서 마주 잡고 돌려 비틀어 짜면 본 빨래가 대충 마무리되었다.

동네 아지매들은 잠시 쉬면서 군고구마를 나눠 먹고 아직도 할 이야기가 있는지 지지거림이 계속되었다. 이 틈에 어린 우리는 물장난도 치고, 고무신에 가재, 물방개를 잡으며 신나게 놀았다. 그러나 황홀한 놀이는 잠깐이었다. 우리는 지금부터 꿈에도 잊지 못할 치욕의 시간을 가져야 했다.

우리는 어머니에게 끌려가서 사정없이 빨랫비누로 머리카락이 벅벅 쥐어뜯기는 고통을 견디며 머리를 감아야 했고, 살갗이 찢어지는 기분으로 작은 때돌로 손발의 때를 벗겨내야 했다.

그리고 소금을 안 가져왔다고 바람에 누운 나락같이 벌어진 학교 입학 기념으로 산 2년 넘은 칫솔에 빨랫비누를 쿡 찍어 강제 양치질도 당했다. 그런데 맛은 묘했지만 희한한 것이, 냇물을 떠서 꿀렁꿀렁 양치를 하고 나면 입 안이 의외로 개운했다. 무궁화 빨랫비누가 만능인 시대였다.

그러나 여기까지는 아무것도 아니었다. 햇볕이라도 따뜻한 날이면 큰일이 벌어졌다. 만약 때가 많이 나오면, 아들딸의 자존감은 눈곱만치도 생각하지 않는 어머니는 우리를 무지막지하게 아예 홀랑 벗겨 씻기기도 했다. 목욕 안 할 거라고 버티다가 빨랫방망이에 사망할지도 모른다는 두려움에 모든 것을 포기하고 할 수 없이 몸을 맡기는 수밖에 없었다.

아홉 살 사내아이가 여자 열두 명과 아이들 다섯 명이 빤히 쳐다보는 데서 알몸으로 고추를 가리고 씻기는 기분을 어찌 몰라 주시는지 하늘이 노랬다.

"아이구 고추 봐라. 장가가도 되겠네."라고 놀리는 주책바가지 아지매들의 실없는 우스개가 듣기 싫고 부끄러워 잔뜩 웅크리고 있는데, 아래쪽에 홀랑 벗긴 한 살 위의 여자아이가 등짝을 호되게 두들겨 맞으며 내지르는 날카로운 울음소리에 약간의 위로가 되었다.

단지 왔심더

　텔레비전도 없고, 스마트폰도 없던 시절의 밤은 참 길었다. 젊은 이들은 해가 떨어지기가 무섭게 후딱 저녁을 해치우고 또래들이 모이는 마을 회관 청년회 사무실로 모여들었다.

　아직 농사일을 시작하기 이른 시기이고 꽃샘추위가 가시지 않아, 해마다 이때쯤이면 저녁 먹고 마실 나온 사람들로 붐볐다. 말이 청년회 사무실이지 공동창고 옆에 어설프게 넣은 방 두 칸짜리였다.

　아궁이에 십시일반 가져온 땔감으로 군불을 넣으면 방이 지글지글 끓는 것이 집보다 훨씬 따뜻해서 조금이라도 늦으면, 아랫목을 뺏기기 일쑤였다. 그래서 누구누구 할 것 없이 몸져눕거나 집안에 무슨 일이 없는 한 무섭게 달려왔다. 아니면 불이 안 들어가는 옆방이나 바람이 새어 들어오는 방문 쪽 차지가 되기 때문이었다.

　겨우내 한 달은 이곳에 살다시피 하면서 새끼도 꼬고, 멍석도 짜고, 설날에 마을을 돌며 지신밟기 하면서 칠, 깽상도 배우고 북 치는 법도 배웠다.

그리고 감나무 집 큰아들이 월남에서 전사했다는 소식도 들었고, 새로 나온 요소비료 정보도 듣고, 소득증대 사업으로 권장하는 영국에서 수입한 백돼지 요크서 키우는 법도 익혔다.

맨날 하는 소리요, 누가 어디에 점이 있는 것까지 다 아는 친구들이지만, 그렇게들 모이면 장난치고 씨름하고, 새로운 소식이 뭐가 없을까 하고 귀를 쫑긋 세우는 모양들이 애들 때하고 똑같았다.

> 온 동네 조무래기 덩달아 신나는 날
>
> 신랑 신부도 아니면서 그냥 좋다
>
> 맛있는 음식을 먹어서 좋고
>
> 개구쟁이 친구들에게 으스대며 자랑해서 좋고
>
> 소 마구간에 고릿한 소똥 냄새
>
> 과방지기 아지매의 손놀림 잔칫상이 두툼하다
>
> 새벽이 빠르게 동트고 세상 인심이 좋은 날
>
> 국수 한 그릇 돼지고기 오색 떡 한 쟁반
>
> 덕석 머리 잔칫상
>
> 온 동네 아이들 다 모였네
>
> ― 김창제 시 〈우리 동네 잔칫날〉 중에서

다 큰 청년이 되었지만, 개구쟁이 짓은 여전했다. "야들아 이발

소집 큰딸 치운다고 오늘 동네에 꼬신내가 폴폴 나네. 단지하러 가자."

70년 후반까지 마을마다 젊은 총각들이나 처녀들이 잔칫집이나 상갓집에 음식을 얻으러 다니는 단지라는 풍속이 있었다. 단지는 단자單子에서 유래한 말이었다. 원래 단자란 경조사 때 부조 봉투 안에 간단한 인사말과 함께 금액이나 물품을 종이에 적은 것을 말한다.

단지는 부조 단자를 건네면 주인이 성의껏 차린 음식을 대접하는 데서 생긴 풍습으로, 잔칫집이나 상가에서 음식을 얻어내기 위한 동네 청년들의 짓궂은 놀이였다.

일반적으로 손님이 다 떨어져 가는 밤 9시 이후에 실행했다. 일단 큰 소쿠리를 준비하고, 서너 명을 뽑아 잔칫집이나 상갓집으로 출동시켰다. 큰일을 치르는 집에는 전체 음식을 관리하고 내 가는 과방果房이 있었다. 주로 여기에서 술, 떡, 고기, 과자 등이 나가고 정지에서 국과 밥과 기본 찬이 나갔다. 워낙 중요한 곳이라, 과방은 아무나 맡기지 않고 신망이 높고 계산이 확실한 이웃이나 친척에게 맡겼다. 그래서 "과방을 본다."라고 하면 일종의 권력과도 같았다.

청년들도 이것을 잘 알아 일부러 단지꾼을 뽑을 때, 과방 보는 아지매의 친지이거나 평소 품행이 단정하고 착하고 넉살이 좋은 서너 명을 뽑았다. 나는 할무니가 자주 과방을 봐서 자동으로 뽑혀 잔칫집으로 향했다.

야밤이라 술에 취한 몇몇이 마당에 불 피운 곳에 술판을 벌이고 있었고, 제법 한적했다. 단지꾼들은 제법 호기롭게 대문을 들어서며 "단지 하러 왔심다."라고 외치며 과방쪽으로 향했다.

과방 앞에는 동네 처녀들도 단지하러 와 있었다. 우리가 쭈뼛쭈뼛하자, 과방 보는 아지매들은 처녀들 소쿠리에는 남은 음식 중에 떡과 수육, 잡채, 과일과 과자를 많이 주었다. 그리고 우리 소쿠리에는 "젊은 사람들이 마이 묵어야지." 하시며 수육, 명태찜, 서대구이 등 술안주 위주로 신문지로 곱게 싸고, 술도 몇 병씩 챙겨주었다. 요새는 남녀 차별이라고 난리가 날 것이지만 그때는 그랬다.

한편, 이 모양을 본 처녀 단지꾼들이 입을 삐죽거리며 자기들도 술을 좀 챙겨달라고 하다가, 과방 아지매들한테 "요놈의 가시나들이 미쳤나." 하는 지청구를 듣고 쫓겨났다.

우리는 제법 묵직한 소쿠리를 교대로 들고 고기를 먹을 기대에 부풀어, 눈이 앉은 보리밭을 질러 청년회 사무소로 내달렸다. 쿰쿰한 냄새가 나는 청년회 방에 갑자기 환한 음식 냄새가 퍼지자, 너도 나도 탄성을 질렀다.

긴 밤은 항상 뱃속이 허전하고 출출했다. 돌도 씹어 소화를 시킬 젊은 청춘들이었다. 우리는 빨간 카시미롱 이불을 치우고 방에 빙 둘러앉았다. 먼저 일 년에 서너 번 먹을동 말동 하는 돼지 수육과 소주를 제일 우선으로 먹어치웠다. 약한 갈색 살에 검은 털이 숭숭 박힌 수육의 맛은 정말 각별하였다. 탱글탱글한 살점과 미끌미끌한 비계를 종이에 얄궂게 싸 온 소금에 쿡 찍어 먹는데, 몇 번 씹지 않아도 목구멍으로 저절로 빠져들어 갔다. 거기에 쌉쌀한 소주 한 잔을 파란 줄이 그어진 대폿잔으로 털어 넣으니, 세상만사가 다 나를 중심으로 도는 것 같았다.

그다음은 명태와 서대찜을 먹고 마지막으로 바짝 얼고 굳은 떡을 아궁이에 석쇠를 얹어 구웠다. 그리고 질금 엿을 잔뜩 바른 연근과 같이 먹으니 입 안에서 혀가 천국을 경험했다. 지금은 풍족한 시대지만, 무엇이라도 생기면 나누어 먹고, 같이 먹던, 다시 돌아갈 수 없는 그 시절 초봄 밤 단지의 추억이다.

동네 이발소

어린 시절, 마을마다 차이는 나더라도 꼭 있는 것이 있었다. 먼저 콘크리트로 번듯하게 지은 마을회관이었다. 넓은 마을회관의 밖에는 큰 정자나무가 서 있고 그 아래에 넓은 평상이 두 개가 놓여있었고 큰 솥을 걸 수 있는 드럼통 아궁이가 두 개 놓여있었다. 그리고 회관 옆에 만든 간이 창고에는 마을 대동 잔치 때 쓰는 그릇과 수저, 큰 판들이나 북, 장고가 쌓여 있었다.

회관 문을 열고 들어가면 상장과 트로피를 진열한 넓은 회의실과 새농민과 농민신문밖에 없는 애향도서관이 자리 잡고 있었다. 저 안쪽에는 자물쇠가 잠겨져 있는 동장실이 있는데 그 안에는 역대 동장의 사진이 걸려있었고 동장 최고의 권력인 마을 방송실이 자리 잡고 있었다.

회관 옆에는 큰 마을 창고가 자리 잡고 있었는데, 매상한 곡식과 비료를 보관하는 곳이었다. 그리고 그 창고 옆에는 간단한 생활필수품이나 주류, 담배를 파는 마을 구판장과, 동네 이발소가 자리하고 있었다.

두 점방 모두 살림방이 딸려 있었고, 농사를 짓고 살기 곤란한 6.25 상이용사 두 가족이 가게를 꾸리고 있었다. 마을에서 일 년에 쌀 5섬에 임대해 준 점방이었다. 서로가 상부상조하는 처지다 보니 두 집 다 외상은 기본이고, 돈 외에 곡식, 과일, 채소도 돈으로 쳐서 받았다.

어린 시절 구판장은 참 반가운 곳이었고 이발소는 참 불편한 곳이었다. 구판장에는 한쪽 팔이 없는 아저씨의 가짜 손이 신경이 쓰였지만, 일단 그 달콤한 과자와 빵, 사탕이 있는 곳이고, 명절이면 화약에 풍선껌, 풍선까지 파는 곳이라 어린 우리들에겐 천국 같은 곳이었다.

하지만 총알을 맞아 다리를 저는 아저씨의 이발소는 기껏 해 봐야 추석, 설, 서울 고모 집 갈 때 등, 합해서 일 년에 예닐곱 번만 가는 곳이어서 항상 낯설었다. 간판 귀퉁이에는 낡아서 색깔이 다 바랜 빨강, 파랑, 하양의 삼색 로타리가 일주일에 화요일 빼고 날마다 뱅뱅 돌고 있었고, 빨랫줄에는 하얀 수건들이 줄을 맞춰 널려 있었고 문 앞에는 연탄이 늘어서서 비닐에 덮여 쌓여 있었다.

그 시절 아버지 손에 이끌려 가는 동네 이발소는 문을 열자마자 두려워지는 장소였다. 내부에는 비누와 싸구려 화장품 냄새, 담배 냄새가 자욱했다. 가운데는 마치 임금님 용상 같은 이발의자 세 개가 버티고 있었고, 세안대 앞으로 새로 들인 연탄난로가 큰 양동이 들통에 물을 담고 한쪽에 배치되어 있었다.

벽 쪽으로는 대기자용 낡은 나무의자가 길게 놓여 있었는데, 그 위로 심심풀이용 잡지와 만화책이 책장에 가득 진열되어 있었고, 낡은 트랜지스터 금성라디오가 밧데리를 뒤에 이고 하루종일 켜져 있었다. 그나마 만화책이 잔뜩 쌓여 있다는 설렘에 위로가 조금 되었다.

그리고 이발소를 두 배로 크게 보이게 하는 거울 위에는 큰 태엽 시계가 놓여있었고, '1954년 보건부장관 최재유' 라고 찍힌 이발사 자격증이 파리똥이 잔뜩 앉은 채 걸려있었다. 특히 거울 앞에는 머리칼을 아프게 잡아 뜯는 무서운 바리깡과 면도칼, 칼 가는 가죽, 가위, 빗, 그리고 어른 냄새 나는 이상한 화장품들이 놓여있어 어느 곳보다 공포가 더했다.

거울 위에 걸려있는 '삶이 그대를 속일지라도 노여워하지 말라' 며 무섭게 쏘아보는 베토벤과 '아빠 오늘도 무사히' 하며 기도하는 하얀 서양 여자아이 그림은 왜 그리도 무서웠는지, 아에 이발소에 들어서면 짐짓 물레방아와 새끼돼지 그림만 쳐다보았다.

거기다가 이발소가 무슨 남자 어른들 사랑방도 아닌데 머리를 깎으러 오는 사람들보다 담배 피우며 바둑 두고 이야기하러 오는 어른들이 더 많아, 이발소는 항상 조심이 되는 불편함이 있었다.

때로는 여자아이들도 고등학생이 될 때까지 읍내에 하나밖에 없

는 미용실을 보내기에 부담스러워, 꼭 어머니 손에 잡혀 도살장에 가는 소마냥 얼굴을 숙이고 남자 이발소로 끌려왔었다.

하기야 그 당시 학생들 머리 모양이라 해봐야 남학생은 빡빡머리이고, 여학생은 바가지 머리이다 보니 이발소 아저씨로서는 아무 문제가 될 것이 없었다. 문제는 의자에 앉아 있는 어른들이었다. 양쪽 이발 의자에 갓 사춘기에 접어든 동네 남녀 학생이 앉았으니 놀려 먹기가 딱 맞았다.

"가만 있어봐라, 너그 둘이 동갑내기 아이가?"

내가 기어 들어가는 목소리로 그렇다고 하자

"용순이는 반에서 몇 등이고?"

용순이가 멈칫멈칫하자 용순어머니가 10등 안에 들면 여상에 보내 준다고 약속했더니만, 10등 안에 들려고 밤에도 잠을 안 자고 공부를 해댄다고 자랑을 늘어놓았다.

어른들은 화제를 바꿔 여상에서 공부 잘 해서 농협에 취직하면 최고 신붓감이라니, 하모 하모 주판만 잘해도 수리조합 경리직이 따 놓은 당상이라고 저마다의 아는 것을 풀어내며 잠시 시끄러웠다. 큰 일이 났다. 다음은 나한테 물어 올 것이 뻔한데. 뻔히 들통 날 거짓말을 할 수도 없고, 마음 같으면 목에 두른 나일론 가리개를 단 채로 도망이라도 치고 싶었다.

"가만있자, 니는 너그 반에서 몇 등이나 하노?"

"… 45등에 …."

"에라잇 자석아, 60명 중에 45등?", "니는 똥통농고 아니모, 그 냥 공장 가라. 너그 아부지 너그 엄마 보기 안 부끄럽나?"

거울 속의 나는 나일롱 가리개와 빨래집게 두 개에 묶여 고개를 푹 숙이고 있고, 용순이가 배시시 웃고 있었다. 나에게 손짓을 하며 떠들어대고 있는 어른들의 모습을 거울 파노라마로 보자 하니, 아 이발소가 정말로 싫었다.

그런 이발소의 제일 공포는 이발소의 최첨단 기계인 바리깡이었 다. 머리를 치거나, 짧게 다듬을 때 쓰는 바리깡은 일본말로 알고 있 는데, 사실은 프랑스 'Bariquand' 라는 회사의 제품이름을 일본식으 로 부르면서 정착한 말이었다.

처음 나올 때는 양손을 다 써서 좌우로 왕복하는 녹이 벌겋게 슨 큰 바리깡을 썼는데, 여럿이 쓰다 보니 기계충이 옮아, 아주까리기 름을 맨머리에 바르고 난리를 쳤다.

그 뒤에 나온 것은 한 손 바리깡으로, 엄지는 고정 날의 중심과 기계의 전진을 맡고, 나머지 네 손가락은 가동 날을 좌우로 구동하 는 동력으로 기계가 지나간 자리의 머리카락을 절단하는 은색의 반 짝거리는 신식으로 훨씬 나았다.

바리깡은 머리칼을 자르는 매우 특수하고 편리한 도구이기는 한 데, 손으로 움직이는 수동식이다 보니 그 속도와 날의 무딤 등으로 머리칼을 잡아 뜯는 경우가 많아 전동식 바리깡이 나오기 전까지의 웬만한 남자들은 어린 시절부터 군대 시절까지 이발소에서 그 말 못

할 고통에 눈물깨나 흘렸다.

그다음 이발소의 공포는 면도칼이었다. 수십 년을 온 동네 사람들이 두루 쓴 면도칼은 아예 중앙이 다 닳아 그믐달 형상을 하고 있었다. 그것도 날이 잘 서질 않아 구레나룻과 뒤통수 아래의 면도를 할 때면 살이 찢어지는 상당한 고통이 수반되었다.

물론 날을 세운다고 수만 번은 가죽띠에 무두질을 한 흔적은 있지만, 잘 들지 않는 면도날도 항상 모종의 두려움이었다. 또 난로 연통에 문지르는 거품 솔도 얼마나 뜨거울지 걱정되는 것은 다반사였다.

그다음 이발소의 공포는 세발이었다. 그 당시에는 세발이라 해봐야 두피나 머릿결에 좋은 샴푸가 있는 것도 아니고, 그저 말표 빨랫비누에 두 번 빠는 것이 전부였지만, 이발소 아저씨는 어른 반액 정도 밖에 안 하는 학생들은 따신 물도 대충 쓰고, 세발도 머리가 벗겨질 정도로 빡빡 문질러 눈물이 나올 정도였다.

그렇게 세월이 흘러 나도 어느새 그 동네 이발소의 일원이 되어가고 있었다. 비누는 바뀌어 다이알 세숫비누로 주인아저씨는 언제나 머리 세발을 빡빡 밀어주셨는데 머리칼이 기니까 그것이 참 시원함으로 와닿았다.

그리고 어른이 되면서 아저씨의 안면 면도는 최고의 미남을 창출했다. 먼저 따뜻한 물수건으로 안면을 덮어 구석구석의 수염뿌리에 힘을 빼고, 피부 온도와 딱 맞는 세안 크림을 연탄난로에 문질러 안면 구석구석 칠해서, 오랫동안 손에 익은 면도날로 코끝의 피지에서 귓볼의 잔털까지 제거해 주는 섬세함에 졸음이 쏟아지는 나른함을 재발견했다.

그 아픈 기억만 있는 바리깡을 마지막으로 사용하며 군대 잘 갔다 오라고 호주머니에 억지로 넣어 주시던 오천 원짜리 지폐에 어린 바리깡 공포는 사라지고 지금은 세상이 그렇듯이 모든 것이 돌아오지 못하는 추억이 되었다.

삼십 년 전 차창 옆으로 마지막으로 본 이발소는 새로 생긴 산업로 옆에서 뿌연 먼지를 덮어쓴 채, 삼색 로타리가 여전히 뱅뱅 돌아가고 있었다. 그 아저씨는 살아 계실까. 아마 다친 다리의 고통으로 술을 많이 드셔서 지금쯤 돌아가셨을지도 모르겠다. 지금 만약 살아 계신다면 팔십 중반쯤 되셨을 거다. 그 이발소는 마루치 아라치 만화책과 함께 내 기억 속에만 살아있는 영상이 되었다.

아주 특별한 여름방학

그때는 과외도 없었고 방과 후 학습도 없었고 시험에 대한 압박이나 숙제에 대한 부담감도 없었다. 시험을 못 치거나 숙제를 안 해 가면 그저 손바닥 몇 대에, 벌 청소 하루 정도면 모든 것이 저절로 넘어갔다. 굳이 선생님들도 통신표에 그것으로 인해 학습발달이 늦다느니, 수업 태도가 불량하다느니 하는 식의 평가를 하지 않았다. 공부보다 놀기를 좋아하면, '친구들과 잘 어울리고 명랑하다', '체력이 양호하고 운동에 관심이 많음'이 전부였다.

그렇다 해도 여름방학은 어린 우리에게 마음껏 놀 수 있는 꿈같은 해방과도 같았다. 농협에서 나온 큰 글씨의 달력 7월 23일에 할무니 생신보다 크게 붉은 크레용으로 동글뱅이를 세 번을 둘러놓았다.

드디어 해방일이 되었다. 대청소를 하고, 종례식을 하고 '방학공부'와 개인 '통신표'를 받아 들었다. 10등 안에 들어 체면유지는 하였으니 안심이었다. 약간 떨어진 성적 때문에 찜찜하였으나 여름방학을 맞은 우리는 그야말로 하늘로 날아갈 듯한 기분으로 집으로 달렸다.

그리고 뒷날, 그래도 우리는 방학 숙제가 겁이 나서 몇 명이 작전을 짰다. 한 달 치 분량을 친구들끼리 나누어 문제를 풀어 서로 베끼기로 머리를 맞댔다. 아예 방학 시작하고 며칠은 꼼짝하지 않고 숙제에 전념했다. 어머니는 속도 모르고 이제야 정신을 차렸다고 그러셨다. 나흘 만에 숙제를 후딱 해치우고, 드디어 해방의 기분으로 동네 냇가로 향했다.

내 고향 냇가는 주위에 큰 산이 많아 물살도 세고 숲도 거뭇하게 조성이 되어있어, 말이 냇가이지 하류에는 일제강점기 때 콘크리트로 보를 쌓아 일 년에 한두 명씩은 빠져 죽는, 제법 사연도 있고 깊이도 있는 보가 있는 곳이었다.

그곳은 그냥 마셔도 될 만큼 맑은 물이 흘러 그 물속에는 피라미, 은어, 꺽지, 가재, 참게가 득실거렸고 그놈들을 따라 헤매고 다니다 보면 하루해가 금방 머리 위에 걸쳐졌다.

땀이 비 오듯 흐르고 수영복이고 뭐고, 팬티가 뭔지도 모르고 홑옷 하나만 걸치고 여름을 나던 우리는 아예 홀랑 벗고 물속에 뛰어들었다.

옷보다도 소중한 진양화학 타이어 표 검정 고무신은 큰 돌로 꼭꼭 눌러 표시를 해 두었다. 그때는 읍에서 놀러 온 아이들이 헌 고무

할멈 문 열어 주 딸깍
개 쫓추
지게 절받우 고맙수
수박 하나 주
이제 씨 심었수
낼모레 오슈
낼모레 동동
낼모레 동동

할멈 문 열어 주 딸깍
개 쫓추
지게 절받우 고맙수
수박 하나 주
이제 밤톨만큼 컸수
낼모레 오슈
낼모레 동동 낼모레

— 강원 횡성, 〈수박 따기 노래〉 중에서

신을 신고 와서 새 고무신과 바꿔치기를 하는 일이 허다했다. 그렇게 표시를 해둔 신발도 눈만 돌리면 어느새 바꿔치기해서 헤엄을 못 치는 어린 동생들을 아예 옷 지킴이로 박아 두었다.

그해 여름은 참 대단히 더웠다. 그래도 냇물이 워낙 차서 우리는 시퍼레진 입술로 뜨끈한 큰 바위에 알몸으로 다들 드러누웠다. 우리는 무료할 때 가수들 흉내를 내며 고래고래 고함을 질렀다. 남진의 '님과 함께'가 유행일 때도 아직 그 동네에는 텔레비전도 없었고 라디오를 가진 집이 몇 집 없었다.

형들이 하는 것을 어설프게 배워와서 "저 푸른 초원 위에"를 합창하며 '니 딸따리 내 딸따리'를 추임새로 넣으며 알몸으로 춤을 추며 깔깔거렸다. 우리라도 떠들어야지, 한낮의 매미가 울부짖는 소리와 달밤에 논에서 울어대는 개구리 소리와 이따금 들려오는 소 울음소리가 전부인 조용한 곳이었다.

냇가 초입 철길 옆에는 인상이 무서운 아저씨가 몽둥이를 들고 지키는 높다란 원두막이 자리 잡고 있었다. 어른 키 두 배만큼 높은 나무를 세우고 얼기설기 다락을 올리고 사다리를 걸친 형태였다. 사방이 탁 트인 제법 높은 단에는 가마때기 두 개를 깔고, 짚으로 암팡지게 엮은 지붕을 올리고 모기장과 호롱불을 갖추고 밤새 참외와 수박을 지키는 곳이었다.

우리는 이 원두막을 참외를 지키는 곳이라 해서, 주로 '외막'이라고도 불렀다. 이 달콤하고 무서운 원두막은 꼭 수박이나 참외를 지키는 살벌한 전망 초소라기보다는 마을 사람들이 더위를 피하는 피난처 역할이 더 컸다. 주로 잠이 없는 동네 어른들이 야밤에 모캣불을 켜고 화투를 치며 노는 나들이 터였고, 낮에는 땡볕 내리쬐는 들판의 쉼터요 소낙비를 잠시 피해 가는 피난처이고, 논일을 하다가 낮잠을 자는 곳이기도 했다.

밤에는 그 집 주인 영감이 참으로 가져온 볶은 콩을 옆에 두고 삼베옷에 곰방대를 물고 꾸벅꾸벅 졸면서 보초를 서는데, 항상 옆에는 과시용 몽둥이를 세워 놓았다. 그곳을 지나가면 쳐다보는 것만 해도 혼이 날 듯 겁나는 곳이었지만, 언뜻언뜻 바람이 불어 이파리가 젖혀질 때 속살을 보이는 둥글 달콤한 수박과 참외의 유혹은 어린 우리들의 이성을 멈추게 했다.

우리는 야밤에 서리꾼을 조직해 침투조를 만들어 이 엉성한 경계망을 곧잘 뚫었고, 뒷날이 되면 "이놈들 잡히기만 하면 수박값 밭뙈기로 다 물린다!"라는 고함이 동네를 쩡쩡 울렸다.

여름 하늘은 멀쩡하게 해가 떠 있다가도 갑작스레 호랑이가 장가간다는 그런 소낙비가 자주 내렸다. 번개에 천둥까지 하늘이 찢어질 듯 쏟아지는 기세에 냇가에서 놀던 우리는 영락없이 유일하게 비를 피할 수 있는 외막 아래로 기어들었다.

앞이 보이지 않을 정도로 굵은 비가 사정없이 내리치자, 우리는 더욱 가운데로 좁혀 모여들었다. 이미 고무신은 누런 황토 범벅이 되어있었다. 그러자 외막 위에서 평소에 무섭기만 한 주인 영감이 사다리를 타고 내려와 올라가서 비를 피하란다. 평소에 모르게 지은 죄가 많은 우리는 쭈뼛쭈뼛하면서 외막 위로 올랐다. 외막 위는 땅에서 보는 장면과는 전혀 다른 장관이 펼쳐졌다.

논 한 마지기가 훤하게 드러나면서 장하게 내리는 비에 예쁘게 자태를 드러내는 노란 참외와 산더미 같은 수박의 모습에 우리는 잠시 넋을 잃었고, 침을 꿀꺽 삼키는 애들도 있었다.

다른 날은 금방 그치던 비가 그날따라 제법 한 시간을 넘게 길게 내렸다. 주룩주룩 내리는 비를 맞고 집으로 뛰어가기는 어려울 것 같고, 외막에서 비 그치기를 기다렸다. 그러다가 아예 점심밥까지 얻어먹었다. 보리밥에 풋고추에 된장이지만 좋은 경치의 외막에서 여럿이, 그것도 얻어먹는 밥맛은 꿀맛이었다. 그중에 하나가 멋모르고 고추를 푹 찍어 질겅거리다가 화들짝 놀라 펄쩍펄쩍 뛰었다. 지독하게 매운 고추를 씹은 모양이었다.

주인 영감은 씩 웃으며 비옷을 걸치고 삿갓을 쓰고 깨끗하게 씻긴 노란 참외가 예쁘게 드러난 참외밭으로 뛰어가 실한 놈을 서너 개 따왔다. 낫으로 쓱쓱 갈라 우리에게 참외를 내밀자 쭈뼛거리다가 환호성을 지르며 아이들은 달려들어 다디단 참외를 허겁지겁 먹었다. 그날따라 비를 맞은 주인 영감의 베잠방이에서 몸의 열기 때문에 김이 몽개몽개 피어오르는 것이 참 다정스럽게 보였다.

잠시 후 소낙비가 그치고 매미가 시끄럽게 울자 언제 소나기가 왔냐는 듯 뙤약볕이 다시 내리쬐기 시작했다. 우리는 또 다른 재미인 천렵을 하기 위해 냇가로 달렸다. 우리는 스텐 사발에 투명비닐을 씌우고 가운데 조그만 구멍을 내어 된장과 쌀 등겨를 잘 버무러 넣었다. 그리고 고무줄로 잘 잡아매서 피라미가 다니는 길목에 잠겨 넣고 살금살금 냇가에서 벗어났다.

피라미 통을 놓은 지점에서 멀리 떨어진 곳에서 형들이 하는 것을 어깨너머로 배운 몇몇이 냄비 밥을 할거라고 돌을 둘러 불을 피웠다. 쌀을 씻어 냄비에 안치고 그 위에 넓적한 돌을 얹었다. 주워온 나무 삭정이들이 비를 맞아 불이 붙지 않고 매운 연기만 퍼지며 눈물을 뽑게 했다. 그래도 얼기설기 불이 붙는 둥 마는 둥 하더니만 제법 밥 타는 냄새가 구수하게 퍼졌다.

얼마나 시간이 지났을까 모두 함성을 지르며 피라미 통을 놓은 쪽으로 뛰어갔다. 피라미들이 사발 안에 까맣게 들어가 바글거렸다. 은어까지 몇 마리 들었으니 수확이 좋았다. 또 다른 냄비에 피라미를 대충 손질해서 쏟아부은 후, 서리해 온 고추와 마늘과 양파, 깻잎과 방아잎을 넣고, 된장과 고추장을 풀고 밥을 안친 냄비와 바꿔 불위에 올려놓았다.

잠시 후, 기가 막힌 냄새가 냇가에 진동했다. 우리는 지천으로 널린 나뭇가지들을 대충 분질러 젓가락을 만들었다. 냄비 밥은 설익었지만 제법 누룽지 맛도 났고, 꼬맹이들이 끓인 어설픈 매운탕도 그런대로 얼큰한 맛이 났다.

설익은 밥과 피라미 매운탕과 된장에 고추를 찍어 입이 터지도록 한 입 넣고 볼이 미어져 나오도록 먹는 아이들의 얼굴에 웃음꽃이 저절로 피었다. 머리 큰 몇 놈은 어른들 시늉으로 은어 비늘을 쓱쓱 문질러 된장에 찍어 한입에 삼켰다.

새까맣게 그을리도록 뛰어놀던 아이들이 저녁으로 수제비 한 그릇을 퍼뜩 해치우고, 바람이 잘 드는 정자나무 밑으로 모여들었다. 그곳에서 술래도 잡고 장난도 치다가 노인네들의 부채질 너머로 정자나무 단골 메뉴인 아랑 귀신 이야기와 대동이 전쟁과 6.25 전쟁 이야기도 듣고, 도깨비와 씨름할 때는 왼발을 걸어야 한다는 이야기도 들었다. 동네 앞 저수지에 꼭 일 년에 한 명씩 빠져 죽는데 물에 빠져 죽은 애가 물속에서 가부좌를 틀고 앉아 있더라는 무시무시한 얘기가 나올 때쯤이면, 하나둘씩 슬슬 빠져나와 저수지를 피해 멀리 돌아서 집으로 뛰어갔다. 그리고 무서움을 이기기 위해 목청껏 고함을 쳐댔다.

"저 푸른 초원 위에 그림 같은 집을 짓고 사랑하는 우리 님과 한평생 살고 싶네!"

그 섬뜩함을 안은 채, 모기장 안에 파고들면 눈꺼풀이 천근이나 되는 것처럼 무겁게 느껴졌다. 삼십 촉 전등 아래 할무니와 어머니는 허벅지에 모시 울을 계속 비벼댔고, 아버지는 모캣불에 쑥대를 얹었다. 그 매운 연기로 목침을 베고 누운 나는 잦은 기침을 뱉어내었고 그 소리에 놀란 별똥별이 길게 남쪽으로 떨어졌다.

인생 오일장

오늘날같이 도로가 발달 안 되고 수로에 의하여 큰 짐을 주로 나르던 시절이 있었다. 이 땅에는 삼면이 바다로 둘러쳐 있고 팔도에 골고루 강 하나씩은 다 있었으니, 함경도는 두만강, 평안도는 압록강, 대동강, 황해도는 재령강, 경기도는 한강, 강원도는 임진강, 충청도는 백마강, 금강, 전라도는 영산강, 경상도는 낙동강, 남강, 밀양강이 흘렀다.

이 강들 주변에 배를 댈만한 곳은 포구가 발달하였고 자연스레 인구가 밀집하였다. 그리고 포구에서 내린 물산들은 다시 주변의 대도시로 운송되었고, 다시 소도시로, 읍으로, 면으로 연결되어 언제부터인지 2, 7일 3, 8일 4, 9일 5, 0일이라 날짜를 정하여 장시가 정기적으로 섰다.

시장은 예로부터 장시場市라 하기도 하고, 그냥 장場 또는 저자, 저잣거리라고도 하는데 저자는 주로 대도시에 매일 서는 장을 말하고 일반적으로 장이라 하면 오일장을 일컬었다.

오일장에 들어서면 장옥場屋이라는 건물이 있었다. 여기에는 주로 네 부류의 상인들이 있는데, 그 첫째는 번듯한 가게를 갖추고, 꼭 오일장이 아니더라도 언제든지 장사가 가능한 시장 토박이들이었다. 주로 이동이 곤란한 식당가, 선술집, 대장간, 옷집, 기름집, 쌀집, 그릇집, 신발가게, 만물가게, 시계방, 옷수선집, 떡집, 한약방, 한복집, 정육점, 씨앗가게, 화장품집, 생선가게 등을 하였다.

그 둘째는 주변 지역의 오일장을 돌아다니며, 상인계에 장세를 내고 최소한의 비 가림 시설이 되어있는 좋은 목에 전廛을 펼치는 떠돌이 상인들이 그들이었다. 그들은 이동하기 좋은 채소, 과일, 잡화, 견과류, 건어물, 좌판 해물, 곡물, 좌판 의류 등을 취급하는데 토박이 가게들과 물건이 중복되기도 했다.

그 세 번째는 상인이라기보다는 인근의 농어민들로 정식 장옥 내에 자리를 잡지 않고, 장이 들어서는 길목이나 한쪽 뒤편에서 난전亂廛을 트는 사람들인데, 집에서 가꾼 채소나 과일, 간단한 곡물, 직접 채집한 산나물, 약초, 묘목 등을 가지고 나와서 파는 사람들이었다.

네 번째는 가축시장인데 주로 위생 관계로 장시에서 약간 떨어진 곳에서 가축을 매매했다. 큰 도시에서는 우시장이 서지만 작은 고을은 돼지, 닭, 오리, 토끼, 거위, 개, 염소 등을 거래하기도 했다.

가시내 머시매 합친장 연분이 없어서 못보고

치매가 들썩 고린장 냄새가 나서 못보고

아가리 큰 대구장 무서워서 못보고

코풀었다 홍해장 미끄러워서 못보고

경상도라 풍기장 바람이 세어서 못보고

초상났다 상주장 눈물이 가려 못보고

눈빠졌다 명태장 어두워서 못보고

히떡번떡 칼치장 눈이부서 못보고

— 합천, 〈장타령〉 중에서

동서고금을 막론하고 저잣거리가 다 그러하듯, 돈이 오고 가고 사람들이 들끓는 곳이다 보니 힘센 무뢰배들이 설치는 곳도 오일장이었다. 그러나 그 무뢰한들도 꼼짝 못 하는 조직이 있었으니, 바로 조선 시대 각 지방의 오일장을 장악했던 부보상負褓商이었다. 할부지가 어린 시절에 실제 있었다 했다.

이들은 길이 없어 다니기 힘든 곳에 물화를 유통했을 뿐만 아니라, 나라가 어려움에 부닥치면 군사적 정보를 전달하는 중요한 역할을 했다. 부보상은 지게 등짐장수인 '부상'과 봇짐장수인 '보상'으로 나뉘는데, '부상'은 미역, 소금, 어포, 옹기, 목기, 솥단지같이 지게에 실을 만한 큰 짐을 상대했다. '보상'은 보자기나 질빵에 물건을 넣고 다니며 장사를 했는데 금, 은, 옥으로 만든 비싼 사치품이나 조바위, 댕기, 분통, 빗, 노리개 등을 취급했다.

짐을 메고 다니는 장수들이고 아무래도 값비싼 물건을 취급하다 보니 그들은 힘들이 장사이고 칼도 어느 정도 다룰 줄 알았고 약간의 무술은 기본이었다. 또 조직력이 엄청나서 양반들이라도 함부로 하지를 못하였다.

특히 이 부보상들은 밑천 없이 가난하고 불우한 사람들로 구성되어, 대개 가족이 없거나 일정한 주거가 없고 떠돌아다니는 사람들이 많았다. 그러나 상무사商務社라는 계를 조직하여 그 규약이 엄격하고, 왕명으로 허락한 비상의약용 목화솜을 달고 다니는 패랭이로 서로를 구별했다.

윗사람에 대한 예가 깍듯하고, 동료 간에 사촌의 의로 형제보다 두터운 정으로 맺어져, 그 무리가 비록 흩어져 다녀도 환난을 함께 헤쳐나가는 힘이 강한 단체였다. 구한말에 대원군을 도왔다고 일제에 의해 부보상負褓商에서 명칭이 보부상으로 강등되었다.

무거운 등짐지고 이곳저곳 떠돌면서

아침에는 동쪽하늘 저녁에는 서녁땅

어쩌다가 병이나면 구원할이 전혀없네

사람에게 짓밟히고 텃세한테 괄세받고

언제나 숨거두면 까마귀의 밥이되고

슬프도다 우리인생 이럴수가 어찌있소

— 고령상무사, 〈지신밟기〉 중에서

봉건시대의 여성들은 숨 막힐 듯 답답한 시집살이 와중에도 장날을 생각하면 배시시 웃음이 나왔다. 손아래 남동생이 장가를 간다는데 내일 그 아가씨를 보여주겠다고 시장에서 만나자고 연통이 들어왔다. 옛날에는 시집 장가간다 하면, 멀리서 신랑 각시감을 고르는 것이 아니고, 중매 범위권인 '동일시장권'에서 주로 통혼을 했다. 그래서 설사 매운 시집살이를 하더라도 친정 식구들이 보고 싶으면 오일장에 나가면 얼마든지 볼 수 있었다.

남자들도 인근에 흩어져 사는 사촌이나 문중의 어른들을 만나 대소사를 의논하고자 하면, 따로 날을 잡지 않고 장이 서는 날, 친족 아무개가 하는 밥집이 항상 만남의 터였다.

할부지가 깔깔한 두루마기에 잔뜩 멋을 내셨다. 오일장은 일만 죽어라 하는 할부지가 쉬는 유일한 날이었다. 나흘 동안 열심히 일하고 하루를 쉬는 할부지를 따라 아이들도 신이 났다.

애들은 가라는 뱀 장수의 입담은 볼거리 중에서 최고였다. 재수가 좋은 날은 약장사 따라 다니는 분 딱지 곱게 바른 해금하게 생긴 여자아이의 애간장을 녹이는 노랫소리도 들을 수 있었다.

노름하기 좋아하는 어른들 몇몇은 대포 몇 잔에 불콰해진 얼굴로 시장 구석에서 판을 벌였다. 틀림없이 소 판 돈인데, 오늘도 멱살잡이에 읍내 지서가 시끄러울 것 같았다.

우리네 오일장에는 전국적으로 공통점이 있었다.

첫째는 싸고 맛있는 식당이 꼭 있다는 것이다. 우리네 뻔한 살림살이에 번듯한 육고기를 먹는다는 것은 일 년에 한두 번이 고작이었다. 그래도 시장 한쪽에 가마솥을 걸고 소머리뼈에 내장을 잔뜩 넣고 장작을 넣어 펄펄 끓이는 '장터 국밥'이 항시 있어 장꾼들은 6일에 한 번은 고기 맛을 볼 수 있었다. 고달픈 서민들의 단백질은 언제나 고기 뼈 푹 곤 국물에 콩나물, 파, 무를 많이 넣고, 뚝배기에 뒷고기 한 줌 가득 넣어 크고 푸짐한 깍두기에 양념장 듬뿍 넣어 말아먹는 국밥과 탁주 한 잔이 전부였다.

여인들은 일찌감치 팥죽 집에 눌러앉았다. "뭐든지 많이 하면 맛있다."라는 인심 좋고 손이 큰 팥죽할멈과, 한 솥 가득 팥죽이 풀떡거리는 소리가 나그네 발목을 잡았다. 거기다 재료가 떨어지면 안 파는 배짱 장사이다 보니 늦게 가면 공치기가 일쑤라, 한 술이라도 더 먹으려면 서두르는 게 상책이었다.

둘째는 욕쟁이 할머니 식당이 꼭 있다는 것이다. 그것은 손님에 대한 욕이 아니라 험한 시절 모질게 살아온 자신에 대한 욕이었다.

이른 점심때 일찌감치 칼국수집에 들어선 손님들은 욕쟁이 할머니로부터 구수한 욕 세례를 받는다.

"염병할 잡놈들 집에서 아침도 안 처먹고 오나. 바빠 죽겠는데 벌써부터 와서 지랄이여."

손님들도 화를 내기는커녕 철없는 손자가 할머니한테 하듯 아예 반말이었다.

"욕 퍼붓는 것 보니께, 백 살은 문제없겠어. 칼국수나 많이 줘."

불친절을 감수하면서도, 그릇을 직접 씻어 먹으면서도, 줄을 서서 기다리는 것은 그 기막힌 칼국수 맛 때문이었다.

디포리에 무, 파를 잔뜩 넣어 끓인 육수에 칼국수를 넘치게 담고, 조선장 양념을 살짝 얹어, 땀을 뻘뻘 흘리며 칼국수 한 젓가락을 후루룩 넣고, 멸치젓 듬뿍 들어간 갓 주무른 김치 한 줌을 질겅 씹으면, 욕 한 바가지를 먹더라도 이 맛 때문에 또 찾게 되고 할머니가 욕을 안 하면 도리어 몸이 안 좋으신가 걱정을 하기도 했다.

셋째는 장터 여인숙이 꼭 있었다는 것이다. 시장이 파하고 어둑해지면, 사람들은 썰물 빠지듯이 나가고 지친 몸의 장꾼들은 잠잘 곳을 찾아 장터 여인숙을 찾았다. 텔레비전, 라디오, 신문 같은 것은 상상도 못 하던 시절, 팔도에서 모여든 장꾼들의 가격과 정보와 여론이 이 여인숙에서 공론화되었다.

허름한 기와집이지만 방마다 걸레질이 야무지고 이불이 깔끔하고 음식이 깨끗하고, 가격이 부담 없어 장꾼들에게는 소문이 난 집이었다. 옛날에는 물건 맡기는 창고도 있고 마방도 갖춘 꽤 큰 여각

旅閣이었다고 한다. 객주일을 하던 주인 양반이 셈이 밝고 이문을 덜 챙겨 장꾼들이 자주 돈을 빌려 쓰기도 하고, 잘 안 팔리는 물건을 맡겨 놓으면 이리저리 중개도 잘해, 장돌뱅이들의 오랜 단골집이었다.

세월이 흘러 시장이 생성되어 번성한 곳도 있지만 쇠락한 곳도 있었다. 도시의 큰 시장들은 대체로 이러한 번성 경로를 가지고 있었다. 먼저 취락지의 발생과 더불어 물물교환의 장소로 제일 먼저 시장이 생기고 그 주변에 기차역이 생기고, 주차장이 생기고 관공서가 들어섰다.

그리고 고을이 커지면서 인근 지역에 다른 시장이 들어서면, 그냥 오일장이었던 시장은 중앙시장이라는 명칭을 가지게 되고, 새롭게 생긴 시장은 중앙시장을 중심으로 동부시장, 서부시장, 남부시장, 북부시장이라는 새로운 명칭을 가졌다.

명칭이야 어찌 붙든지 오일장에는 팔고 사는 사람끼리 조금씩 양보하는 인정머리가 흥정의 전부였다. 그래서 막판에 인심을 팍팍 두 배로 확 줘 버리는 떨이 문화, 물건값을 깎아 주는 에누리 문화도 다 시장에서 생긴 문화 현상이다. 옛말에 '베어내다, 잘라 내다' 라는 뜻으로 '어히다' 라는 말이 쓰였는데 물건값을 깎는 에누리가 여기에서 나왔다. 이러한 깎아주고, 더 주는 정나미가 오일장의 흥정법이고 조금 더 준다는 독특한 덤 문화를 사회 전반에 원형질 문화로 전파하였다.

우리네 덤 문화는 정확하게 계산을 한다거나 숫자가 착착 맞아 떨어지는 논리적인 치밀함과는 거리가 멀었다. 동네잔치를 하더라도 그 동네 사람들이 다 모이는 것은 기본이고, 먼 동네 사람도 오고, 행인들도 오고, 아무튼 종잡기 힘든 손님치레인데도 이를 가능하게 해준 것이 바로 덤 문화였다.

큰 동네잔치에는 대부분 쇠고깃국을 대접하였다. 밤새 뼈를 곤 국물에, 없는 살림에 쇠고기는 적당하게 넣고 무, 파, 콩나물만 많이 넣어 국을 끓였다. 혹시나 손님이 넘치면 마을 아낙들은 다른 사람이 눈치 못 채게, 옆에 있는 무와 콩나물을 잔뜩 더 넣고 간장 한 사발에 선지 한 덩어리만 더 넣으면 여전히 쇠고깃국은 마르지 않는 샘처럼 계속 나왔다. 그리고 혹시 음식이 남으면 부엌에서 고생한 몇몇이 나눠 가지면 그만이었다.

손님을 초청하더라도 몇 명을 정확하게 따지기보다는 그저 적당하게 우리의 한복 품새같이 남을 만큼 음식을 하는 것이 미덕이었다. 쌀을 사러 갔을 때도 실제 되를 깎은 다음 한 주먹 더 얹어 줘야 그 집에 되가 좋다며 단골이 되었다. 오죽했으면 실제 인원보다 음식을 많이 한 처자를 보면 "손이 크다.", "부잣집에 시집가겠다.", "부자 되겠다." 하는 덕담까지 했을까. 딱 맞아 떨어지는 것보다, 적당히 남는 것을 좋아하는 독특한 덤 문화 때문에 고향의 오일장이 아직도 당당히 설 수 있는 것 같다.

바늘 같은 몸에다가
황소 같은 짐을 지고

초판 발행 | 2021년 9월 9일

지은이 | 김준호
그린이 | 손심심
펴낸이 | 신중현
펴낸곳 | 도서출판학이사
출판등록 | 제25100-2005-28호

　대구광역시 달서구 문화회관11안길 22-1(장동)
　전화_ (053) 554-3431, 3432　팩시밀리_ (053) 554-3433
　홈페이지_http://www.학이사.kr
　이메일_hes3431@naver.com

ISBN_979-11-5854-319-8　03810